星海社
FICTIONS

大正地獄浪漫　1

一田和樹
Illustration／江口夏実

星海社

大正という時代は十五年という短い期間であったが、我が国の歴史にさまざまなものを残し、次の昭和へとつながっていった。経済は成長し、帝国主義の台頭に戦勝とあいまって日本という国が世界の中で地歩《ちほ》を固めていった。その一方でその後日本が歩むことになる暗い道を暗示するような事件も起きていた。

モボ、モガが銀座を闊歩《かっぽ》し、カフェ文化が花咲き、ハイカラ節《ぶし》さながらの光景が街に広がった。とはいえ自由恋愛は認められておらず、親が認めなければ結婚することはできなかった。そのため心中事件も多く、それが反《かえ》って時代を彩る徒花《あだばな》となった。

闇《やみ》の中に消えていった歴史もある。絢爛豪華《けんらんごうか》な文化の陰で残虐非道な猟奇犯罪が立て続けに起きていた。エログロで陰惨《いんさん》な事件の裏には男女の愛憎や壮大な思想があった。これを称して『大正地獄浪漫』。ある事情から歴史の闇に葬《ほうむ》り去られ、忘れ去られてしまった。

大正地獄浪漫

Taisho Zigoku Roman

1

TAISHOZIGOKUROMAN

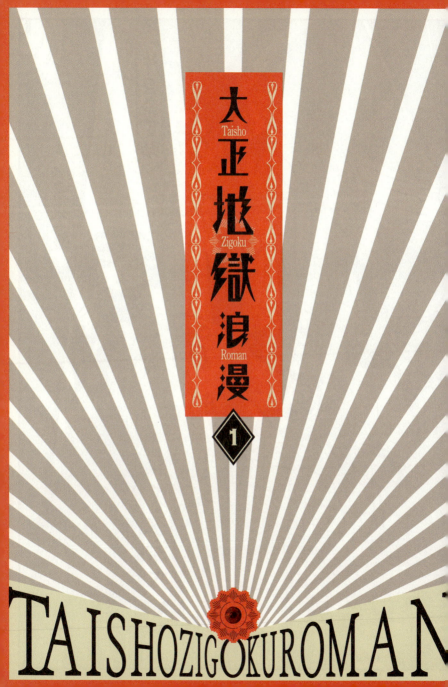

片目金之助
蓬莱霞
氏家翔太

葛城丈太郎
人形屋藤子
事務屋知解子
薬

プロローグ

時は大正二年。皇居和田倉濠《こうきょわだくらごう》のすぐ近くにある涅槃喫茶《カフェ・ニルヴァーナ》に入る者は、貴族の屋敷に客として入るような妙な緊張感を持つ。古い洋館を移設した仄暗《ほのぐら》い店内は一枚板のカウンターを中心にテーブル席が並び、壁にはロートレックや竹久夢二《たけひさゆめじ》、ビアズリーなどの絵が並び、異界に迷い込んだかのような錯覚に陥《おちい》る。

涅槃喫茶は、はやりのカフェに便乗して作られたわけではない。いや、流行を利用したと言った方がよいだろう。内務省の地下にある特殊脳犯罪対策班ゲヒルンからの秘密の通路の出入り口がそこにあった。

客を迎えるのは人形屋籐子《にんぎょうやとうこ》。この店の店主にして特殊脳犯罪対策班の一員だ。齢《よわい》十六と若いが、からくり人形の名人であった祖父の血を引いて機械仕掛けが得意である。加えて武道の達人だ。

ふだんは特殊脳犯罪対策班のある内務省の地下には行かず、そこに続く地下通路の出入り口である涅槃喫茶に詰めている。

袴姿《はかますがた》にエプロンをつけ、長い髪を後ろで結んだ姿は、夢二の絵を彷彿《ほうふつ》させるたおやかな美少女だが、その中には好奇心と冒険心が詰まっていてなみの男では相手できない。

「篠子さん、あの方またいらしてるのね」

マスターの青島解脱《あおしまげだつ》が珈琲豆《コーヒーまめ》を瓶に移しながらささやく。短く刈った髪にベストにサスペンダー、すらりとした脚にはぴったりした黒いパンツがよく似合っている。抜けるような白い肌と切れ長の瞳を見ると、しばらく見入ってしまうほどの男装の麗人がこの店のマスターだ。素性《すじょう》も年齢も誰も知らないが、篠子の祖父である先代人形屋が推薦してきたからには信頼のおける人物なのであろうと篠子は納得している。なによりこの美貌《びぼう》と優雅な仕草は毎日見ていて飽きないし、幸福な気分になれる。

「はあ。必ずあの席に腰掛けますね」

篠子は解脱の視線の先にいる尼僧《にそう》を見た。上品そうな面立《おもだ》ち。流れるような筆使いで写経している。篠子がこの店を開いてから毎日やってきて、窓際の席に腰掛けて写経を続けている。

「ここが〝涅槃〟だからってわけでもないでしょうけど不思議《ふしぎ》ね」

そういう解脱の存在の方が篠子にとっては不思議なのだが、それは口にしないでおく。

カランと音がした。扉が開いてハンチング帽を被った少年が入ってくる。タータンチェックのスーツが可愛らしい。

「いらっしゃいませ」

篠子が営業用の笑みを浮かべて声をかけると、少年は帽子を脱いでカウンターに近づく。

絵に描いたような整った顔だが、それを見た篠子は、げんなりした表情に変わる。

「邪魔するよ」

少年はそう言うとカウンターに腰掛け、篠子はため息をつく。

「氏家《うじいえ》さんだったのか。いっつも騙《だま》される」

「紅顔《こうがん》の美少年でなくてすまなかったな。もっともじゅうぶんに美形だと思うがね」

男性にしては小柄な氏家は童顔とあいまって、少年と間違えられることが多く、本人もそれを楽しんでいる。黙っていれば大人とはわからない。茶色がかった巻き毛と、大きな瞳に端整な面差しは美少年と自負するだけのことはある。だが、これでも特殊脳犯罪対策班の一員だ。もちろん成人済み。

「あいにく、氏家さんの変態でどす黒い中身を存じ上げてるもので素直に見られません」

篠子がそっぽを向いた時、再び扉が開き、妙にこざっぱりしたスーツ姿のふたりが入ってきた。マスターを見つけると、手を振りながら駆け寄ってくる。

「あなたたち、また来たの?」

解脱は苦笑いを浮かべ、ふたりをカウンターに腰掛けさせる。

「だって、ねえ。マスターに会いたくて」

そういうふたりの声は幼く、顔は少女だった。青島解脱ファンの女学生たちだ。

「解脱さんのおかげで、男装の麗人を気取った女学生の客がよく来るな」

氏家がつぶやく。

「あたし、あっちのお客さまの注文取ってきます。蓬萊《ほうらい》、氏家さんをお願い」

籐子はそそくさと氏家の前から姿を消し、入れ替わりに蓬萊と呼ばれた女給《じょきゅう》が氏家の前に現れる。黒いドレス、おかっぱ頭に青ざめた頰《ほお》、どぎついほどの紅い唇、ぎょろりと大きな瞳、美しい死者のような顔は一度見たら忘れられない。この古い屋敷の暗がりに蓬萊は似合いすぎる。

「人形屋には嫌われたようだな」

氏家がにやりとすると、蓬萊は興味なさそうな顔で聞き流し、「ご注文は?」と尋ねる。

「もしかして君もオレを嫌いなのか?」

「涅槃喫茶に集う人形女給兵団で、あなたによい感情を持っている者はおりませんよ。ところで、ご注文は?」

蓬萊は、かすれた低い声できつい言葉をさらりとつぶやく。人形女給兵団とは人形屋籐子のファンの女子が中心となって結成された特殊脳犯罪対策班の支援組織だ。武道や一芸に秀《ひい》でた者が捜査に協力する。その中で特に優秀な能力を持つ者は四天王と呼ばれ、それぞれが百人近くの女子を率《ひき》いる。蓬萊も四天王のひとりだ。

「やれやれ……コピ・ルアクをいただこう」

ため息交じりに氏家が答えると、蓬萊は眉《まゆ》を吊り上げた。コピ・ルアクは、マスターの解脱がやっとの思いで昨日入手したばかりの幻の珈琲だ。なみの会社員の一月分の給料くらいの値段がする。

「かしこまりました」

蓬莱はそう言うと、さきほどの男装の女学生ふたりの相手をしているマスターに耳打ちした。

解脱がへえと声をあげ、氏家をちらりと見る。それに応えて氏家はウインクして見せる。解脱が軽く手を振ると、格調高い店内に地鳴りのような音が響いた。カウンターの奥で棚に見えた家具の上段の戸が開き、中から歯車と桶《おけ》のようなものが飛び出す。その桶に解脱が珈琲豆を移し入れると、からからと滑車《かっしゃ》が回り、桶が動き、そのまま棚の奥に収まる。がちゃんと音がして豆挽きが動き出し、がりがりという音とともにかぐわしい香りが漂《ただよ》い出す。

「何度見ても目眩《めまい》のするからくりだ。ある種の芸術品だな」

氏家がその様子を眺めてつぶやく。少し離れた場所にいた籐子が耳ざとく反応する。

「左様《さよう》でございましょう。先代と私が丹誠込めて仕込んだ業物《わざもの》ですから」

嫌いな氏家にでもほめられるとうれしい。籐子は誇《ほこ》らしげに答えた。

「いつもそんな風に素直でおれば、かわいい女子なのに」

「あら、お言葉ですけど、人形屋の籐子は、これでも夢見る乙女でございます。氏家さんのように人間の腐った性根を食らって生きる魔物ではございませんの」

「篠子が乙女なら、さしずめオレは子爵《ししゃく》さまだ」

うそぶく氏家の前に、蓬莱が白磁《はくじ》のカップを置いた。

「お待たせしました」

中から芳香《ほうこう》が漂い、氏家は目を細める。こういう時の氏家は妙に艶《つや》やかだ。

「よろしければこちらもどうぞ」

蓬莱がタブロイド紙を添える。目にした氏家は露骨に眉をひそめる。

「癲狂新聞《てんきょうしんぶん》か。これは反政府活動みたいなもんだぞ。特高《とっこう》のお膝元《ひざもと》でこんなことしていいと思ってるのか？　国家転覆でもたくらんでるのか？」

癲狂新聞は、政府批判と耽美《たんび》的な特集ばかりを組んでいる一風変わった不定期刊の雑誌だ。販売されてはおらず、配布店を決めて、そこで無償配布している。涅槃喫茶もそのひとつだ。

特高とは特別高等警察の略称だ。無政府主義者らが国家転覆を謀《はか》った大逆事件《たいぎゃくじけん》の翌年明治四十四年に、警視庁に特別高等課が設置され、のちに特別高等警察、特高となった。特高は思想犯を中心に取り締まりを行ったが、中には常人には手にあまる事件も少なからずあった。そうした奇想天外な事件に対処するために設けられたのが、特殊脳犯罪対策班と呼ばれる秘密組織だ。事件解決能力を持つことを最優先に人選が進められた結果、特殊能力を持った逸材が集められ、類《たぐ》い希《まれ》な戦闘能力を持つ者、元殺人鬼、超常的知能の持ち主など特殊な人材が登用された。

特殊脳犯罪対策班は発足以後、次々と難事件を解決していったが、その存在は特高の内部ですら秘匿《ひとく》され、彼らのことを知る者は少なかった。

氏家も蓬萊霞《かすみ》も特殊能力を見込まれて特殊脳犯罪対策班に乞《こ》われた要員だ。

「蓬萊霞がそんなことを考えていると思いますか？」

蓬萊はうっすらと笑みを浮かべ、氏家のカップに細い指を添えた。思わず、その手に視線を向けると、ごろりという音とともに蓬萊の生首がカップの代わりにテーブルに転がっていた。口元には笑みをたたえているが、切断された首からはおびただしい量の血が流れ出ている。サロメに捧げられたヨカナーンの首のようだ。

「オレには無駄だよ。つまらんいたずらをしていると、『惑《まど》いの蓬萊』の名が泣くぞ」

氏家はそう言うと、ポケットからハンカチを出し、テーブルにこぼれた珈琲を拭く。さきほどまで首があったところにはカップが戻っている。流れ出した血に見えたのは、わずかにこぼれた珈琲だった。動作と言葉で幻覚を見せる、蓬萊霞の得意とする術だ。「惑いの蓬萊」と呼ばれる由縁である。

「ごめんあそばせ」

蓬萊はしなを作ると、去って行った。後ろ姿で蓬萊霞の並外れた体形のよさがわかる。

なまめかしく白い足首は、無垢《むく》な身体《からだ》ではないことを如実に語っている。細くくびれた腰をじっと見た氏家は、「あれで男とはな」と漏《も》らす。男装の麗人の解脱といい、女装の美少年、蓬莱霞といい、この店は歪んでいる。

目の部分に白い包帯をぐるぐる巻きにした青年が現れた。音を立てずに涅槃喫茶の扉を開け、まるで見えているかのように氏家めがけて歩いてくる。

長身ですらりと細い。高級そうな銀色のスーツはクリムトの絵のように、くすんだ色合いの店に溶け込む。

「片目の旦那がいらっしゃるとは物騒だ」

解脱が青年の姿を認めて微笑《ほほえ》んだ。

包帯の青年、片目《かため》金之助《きんのすけ》は特殊脳犯罪対策班の班長である。類い希なる頭脳で数々の事件を解決に導いてきた天才警部だった。しかし一般人と意思疎通を図《はか》ることができない問題を抱えていた。一般人は十段階くらい思考を経ないと、彼の言葉が理解できない。その十段階の説明を飛ばすから、ほとんどの人間には理解できない言葉になってしまう。

「マスター。あの方は?」

さきほどの女学生たちが目をうるませて片目を見る。片目金之助の類い希なるものは頭脳だけではない。容姿もまた神に愛されたがごとくに美しい。淫靡《いんび》に艶やかな白い肌に、漆黒《しっこく》の髪が映《は》える。目を包帯で覆っていても、その美貌は隠しようがない。

「この店の常連。ああ見えて警察のえらい人なの」

警察と聞いて女学生が驚いた顔をする。美青年と警察という取り合わせが意外だったのだろう。

「お怪我《けが》でもなさったのですか？」

「ああ、包帯？　あれは余計なものを見ないようにということらしいの。不便だと思うんだけど、頭のよい人の考えることはわからない」

解脱は肩をすくめてみせ、女学生たちは首をかしげる。


「これはこれは、班長殿。ご機嫌《きげん》うるわしく」

氏家は椅子《いす》から下りると、おおげさな仕草で片目を迎えた。小柄な氏家と長身の片目が並ぶと、遠目にはお似合いの恋人のように見える。

「このご時世に休憩とはいいご身分だな」

「国家社会を論じてらっしゃる癲狂新聞の主筆ほどではありませんが」

「口の減らないヤツだ。ある種の文化的実験だよ。我らの本分は治安維持、ひいては国体の護持だ。我らは特別高等警察の一部門であることを忘れるな。銀座を歩く美貌の女に気をつけろ。カマを持った死神が徘徊《はいかい》している。人間は常に、なんらかの妄想に取り憑《つ》かれていないと狂ってしまうことを忘れるな」

美女の死神とは異な事だが、片目の妄想に慣れている班員は触らぬ神に祟《たた》りなしを通している。

「口が減らないのはどっちなんだか」

軽くいなすように言葉を返す。

「まあいい。行くぞ」

片目が指を鳴らす。

「なんです？　なんのお誘いです？」

「仕事以外で君を誘うことはないよ」

片目は冷ややかに言い放つが、蓬莱が薄笑いを浮かべて反応する。

「さんざんふたりで西洋将棋《チェス》をしているクセに」

蓬莱がつぶやくと、それぞれと籐子が笑う。片目と氏家は、憎み合っているように見える時と、仲睦《なかむつ》まじく絡《から》み合っている時がある。果たしてどちらが本当なのか。あるいは本人たちにもわからないのかもしれない。

「人形屋と蓬莱も来い」

片目の声が飛ぶ。籐子と蓬莱が顔を見合わせる。健康的な籐子と、球体関節人形のような蓬莱が並んだ様子は、別世界の住民の邂逅《かいこう》のように現実味がない。

「なんです？　事件ですか？　人形女給兵団におまかせください！」

籐子が明るく跳ねた声をあげた。お待ちかねの出番だ。

「お願いしたいところだが、今のところは人形屋と蓬莱で足りるだろう。解脱さん、ふたりを借りても大丈夫かな？」

「それくらいは問題ないわよ。ここは人形女給兵団の待合所みたいなものだしね。気をつけていってらっしゃい」

解脱が手を振る。

「帝都を騒がすよこしまな思想犯どもを皆殺しだ。特高の連中は首謀者がわからぬとほざいていたが、係累《けいるい》を皆殺しにすれば自《おの》ずと首謀者も死ぬ。特定する必要はない」

片目の言葉に籐子がぎょっとした顔をする。狂信者の群れとはいえ、皆殺しとはおだやかではない。

「相変わらず班長殿は過激でらっしゃる」

氏家が苦笑する。

「過激ではない。論理的なのだ」

片目にはいささかの迷いもない。冗談のように見えて本気だ。ついてゆけないと籐子は嘆息《たんそく》する。

「葛城《かつらぎ》さんが血相《けっそう》変えて反対しそうですね」

蓬莱が口元に手を当ててくすりと笑う。葛城丈太郎《じょうたろう》は、特殊脳犯罪対策班の一員だが、きわめて常識的な刑事で特殊能力も強靭《きょうじん》な肉体と格闘技だ。他の班員の嗜好《しこう》や能力と違って、誰に説明しても容易に理解と尊敬を得られる。

「諸君。そろそろ日が暮れる。人は家路を急ぐ時間だが、我らの眷属《けんぞく》はこれから目覚める。帝都の魔族を狩りに行こう。この時代の空気は猟奇を好む」

片目が涅槃喫茶の扉を押すと、折しも夕陽が和田倉濠に反射し、周囲を赤く染める。一幅の絵のような風景の中に、銀色のスーツを着こなした片目が入って行き、人形屋籐子、氏家翔太《しょうた》、蓬莱霞がその後に続く。

特殊脳犯罪対策班の捕《と》り物《もの》が始まった。

第一章

白死団事件

TAISHOZIGOKUROMAN

この世には常に怪異《かいい》がある。平時は夜の闇に隠され、決して表《おもて》に出ることはない。しかしふとしたはずみで冥府《めいふ》の蓋《ふた》がはずれて、魑魅魍魎《ちみもうりょう》が現世に跋扈《ばっこ》することがある。現世は地獄となり、浪漫の徒花が狂い咲く。人はこれを大正地獄浪漫と呼ぶ。

この物語は、大正時代の初めに起きた一連の強制自死事件いわゆる自死団事件を我が特殊脳犯罪対策班がいかに解決したかという話だ。語り部は特殊脳犯罪対策班の数少ない良識派で生き残りのひとり、眼鏡屋《めがねや》こと事務屋知解子《じむやちげこ》、つまりあたし。

そもそも特別高等警察の特殊事務官として花鳥《かちょう》風月《ふうげつ》さまのもとで働いていたのに、事務をやる人間がいないという理由にもならない理由でゲヒルンに異動《いどう》させられた。絵に描いたような理不尽。特殊脳犯罪対策班ゲヒルンは、犯罪臭のする異能者の集まりであって、あたしのようにまっとうな能力者のいるべき場所ではない。

申し遅れましたが、あたしは記憶と計算、そして気まぐれな予知能力に恵まれた異能者。ひたすら地味だけど実用性の高い能力の持ち主だ。

「自死団事件」は、あたしが特殊脳犯罪対策班に異動して最初に扱った事件だ。当時の記録と記憶を呼び起こし、みなさんにご紹介いたしましょう。

あれはあたしの初出勤日のことだった。あたしは昨日までの同僚が背筋《せすじ》を伸ばして登庁するのを横目で見ながら、内務省の入った霞《かすみが》ケ関《せき》のビルの地下をひたすら降りていた。果てしなく続く螺旋《らせん》階段は非常用だ。灯りは必要最小限しかなく、足下もよく見えない。でも、いざという時のために非常用の道を知っておくのは大事なのだ。

我ながら心配性だと思うが、いろんなことが心配でしょうがない。今朝も鏡の前で衣装を何度もチェックした。化粧《けしょう》はほとんどしないし、オシャレにも縁《えん》がないけど着衣のほつれや乱れが気になってしまう。念入りに大きく丸い眼鏡も磨《みが》いた。このせいで眼鏡屋などと呼ばれることになったが、大事な人生のパートナーだ。それに洋服にするか袴にするか迷ったが、洋服にした。スカートは足下がすーすーして頼りないが、袴だと学生気分が抜けないとか言われそうな気がしたのだ。

そんなことを思い出しながら階段を下っていると、突然視界が暗転した。あわてて手すりをつかみ、立ち止まる。立ちくらみではない。予知能力が発動し、人の死が見える時、このようになる。

不意に視界が開け未来の光景が浮かんだ。真っ白な雪の中に倒れた女性の姿が見えた。すらりとした、それでいて決して儚《はかな》くは見えない。どこに傷があるのかわからないが、うつぶせに倒れたまま動かず、周辺の雪がみるみるうちに赤く染まってゆく。

——誰？　顔が見えない。

そう叫ぶと女性の顔に視界が近づいた。血の気《け》のない横顔を見たあたしは思わず足を止め、じっと見入る。特殊脳犯罪対策班の人形屋籐子ではないか。あわてて周囲を見ようとする。敵や場所を確認しなければ予知しても意味がない。あたりは一面真っ白で場所の手がかりになるものはない。黒い影がひとつ雪面に落ちている。敵だと思って見ようとする。

「見るな」

一瞬で視界が現実に戻り、どっと冷汗が噴き出す。こんな経験は初めてだ。あたしはあの場所にいたわけではなく、ただ予知しただけだ。それなのに、「見るな」とはまるでこちらの動きがわかっていたかのようだ。頭の中はめまぐるしく記憶の検索と計算を始めていた。過去の天気の記録や雪景色の広がり具合からおおよその場所が推定できないかと考えたのだがムダだった。

気がつくと階段は終わっていた。目の前には重苦しい鉄の扉がある。鍵を開け、両手で押すと明るい部屋が見えた。

「誰？」

袴姿の長身の女性が、こちらに向けて足早に近づいてきた。よりによって人形屋籐子その人ではないか。

頭の中で人形屋篠子の情報を確認する。もともと特殊脳犯罪対策班に加わるのは篠子の祖父のはずだったが、高齢を理由に断わられ、代わりに孫娘の篠子がやってきた。

篠子は祖父からからくり人形の技を受け継ぎ、人並みはずれた格闘技の腕前を持っている。花鳥曰《いわ》く、帝都に並ぶ者はいないほどの強さなのだという。見た目からは想像できない。確かまだ十六歳のはずだが、凛《りん》とした姿は少女を大人っぽく見せる。

「本日より、特殊脳犯罪対策班勤務を拝命しました。事務屋知解子です。よろしくお願いいたします」

一歩中に入ってお辞儀する。

「事務屋さん？　ああ、眼鏡屋さんね？　あたしは人形屋篠子。よろしく」

「はあ、どうも」

写真で見るよりもずっとかわいい。同性ながらどきりとするくらいだ。緊張する。

「ごめん。あなたの方が年上よね。なんだか同じ歳くらいに思ってつい敬語を使わなかった。ごめんなさい」

親しげに接してくれるのはちょっとうれしかった。

「いえいえ、いいんです。気を遣われない方が楽ですから、くだけた感じでお願いします」

「あだ名が眼鏡屋さんで本名が事務屋さんなのよね。どっちで呼ばれたい？」

「いつも眼鏡屋と呼ばれていたので、眼鏡屋でお願いします」

「じゃあ、眼鏡屋さんって呼ぶね。事務能力がすごいんですってね。計算する前に答えがわかるんでしょ？」

「左様です」

「それってつまり計算しないでいいってこと？」

「答えが出てから本当に合っているか確かめるために計算します。だから緊急の時は検算しないで一瞬で答えを出します」

「すごい！　だけど緊急の時って？」

「会計監査とか……押収した書類の確認とか……」

なんだかすごく地味だ。目の前の美少女は天下無双の武道の達人だというのに、あたしときたら計算が得意ですって。

「よくわかんないけど地味に役に立ちそう」

篠子の顔が半笑いになる。特高の特殊事務官というと、空を飛んだり念力で物を動かしたり超常的な力を期待されるから事務能力と言うとがっかりされる。いや、がっかりされるだけならいいけど、同情されるのは行きすぎだ。

「なんでもわからないことあったら訊いてね。いろいろ問題のある人が多いからあたしと葛城さん以外にはうかつなことは訊かない方がいいわよ」

そうだ。ここは形式上特高の一部局ではあるけど、中心となっている者の半数は出自の記録がなく、犯罪歴のある可能性が高い。いわば組織内の無法地帯。

「おおよそのことはうかがっております。人形屋さんと葛城さん以外にはあまり近づくなと花鳥にも言われました」

「籐子って呼んで。歳も近いし、友達になれそうじゃない」

「友達？」

「いやだった？　ごめん」

「いえ、これまでの人生で友達がいなかったので戸惑いました」

あたしがそう言うと、籐子はしばらく黙って見ていた。しまった。二十歳を超えた社会人にひとりも友達がいないなんて言うべきではなかった。冗談だと言った方がいいかもしれない。

「光栄だわ」

籐子に手を握られて、あたしは顔が熱くなり、特殊脳犯罪対策班も悪くないかもしれないと思ってしまった。

「で、では、あたしのことは眼鏡屋と呼んで……ね」

これまで口にしたことのない言い方をすると心臓が破裂しそうなくらい激しく脈打つ。きっと真っ赤になっているに違いない。籐子は目を細めてこちらを見ている。

「じゃあ、眼鏡屋さん。片目さんから伝言があるんだ」

握手した手をそのまま篠子に引かれて部屋の中央の机まで移動する。

内務省の地下に特殊脳犯罪対策班のための「空間」がある。通常の部局であれば、「部屋」と呼ぶが、ここはあまりにも広すぎる。地下三階に当たる場所がまるまる特殊脳犯罪対策班およびその構成員の作業場所として確保されている。中央に全員が集合して作業や会議をするための部屋がある、それを囲むように各構成員の部屋と予備室が設けられている。妙に高いドーム形の天井《てんじょう》もこの「空間」を不思議なものにしている。まるで欧州の地下道にあるカタコンベか、秘密の礼拝堂のようにも見える。あたしはこの部屋に関する情報を反芻《はんすう》しながら、くすんだ赤銅色の半円をながめていて目眩を起こしそうになった。

その時、ドームの中央部分に奇怪な文様を見つけた。子供のような小さな身体に手足が異様にひょろ長い人間たちが炎で焼かれている。目をこらすと、なみなみならぬ数が焼き殺されている絵だとわかった。地獄のようにおどろおどろしい。おぞましい光景にあたしは目が離せなくなった。

「あの絵、気味が悪いでしょう。あれは人間ではなくて土蜘蛛《つちぐも》というものなんですって。千年以上前から日本人を呪い殺そうとしている妖怪だって」

篠子がくったくのない声であたしに教えてくれた。土蜘蛛と聞いて嫌な予感がした。

「ここに行って現場を確認してきてほしいんですって」

篠子は机の上に置いてあった紙を差し出した。殴り書きのメモでなにが書いてあるのか判然としない。正気を失うようなおそろしい事件でもあったのだろうか？

「涅槃喫茶に片目さんが電話してきて、あたしに眼鏡屋さんが来たら伝えるようにって」

「ありがとうございます。もしかしてこれは籐子が書いたメモ？」

「ごめん。字が下手なんだ。あのね。雑司ヶ谷《ぞうしがや》で自死団の事件があったんですって、校庭の木で首を吊ってたんですって。急げばまだ現場検証やってると思う」

健康そうな美少女の籐子の口から「首を吊ってた」という言葉が出るのは違和感がある。

「自死団……最近、巷《ちまた》を騒がせている思想集団ですね。自死つまり自殺によって魂《たましい》を浄化し、昇天することを目指しており、自死のみが正しい死であり、病死や事故死、ましてや他者に殺されるなどは神の摂理に反することになる。その信念に基づいて、多くの人々に自死を強制。要するに殺人なんですけど。事件のたびに実行犯は特定されるものの、多くは自死してしまうし、運良く生きたまま逮捕できても、首謀者や組織構成などは杳《よう》として知れなかった」

「さすがよく記憶してる。その通り。思想犯なので特高が調査に当たっていたけど、逮捕した相手が繰り返し自殺するもんだからやってられなくなってあたしたちの出番ってことらしい」

異動早々自死団事件を扱うことになるとは思わなかったが、特高の手にあまる事件なら望むところだ。

「急いでるらしいんで、さっそく行ってもらえるかな？」

篠子に急《せ》かされて、あたしはそのままゲヒルンを飛び出した。

でも正直思っていたのとちょっと違う。最初は班員全員に紹介してもらえるんだろうと思って着衣にも気を遣ったのに、早々に人力車で雑司ヶ谷に向かうことになるとは思わなかった。


篠子の言った通り、現場にはまだ数名の警察官が残っており、調べものをしたり、学校関係者に話を訊いたりしていた。あたしは、「特高だ。邪魔する」と短く声をかけ、手帳と認識票を見せた。通常なら制服を着用し、認識票は縫《ぬ》いつけてあるものだが、特殊要員はその限りではなく、それぞれ自由な形で携行すればよいことになっている。

訝《いぶか》しげな目で見られるが、止める者はいない。なんとも言えない視線を感じる。これまでも何度か現場に足を運んだことはあったが、ひとりで来るのは初めてだ。なめられぬよう毅然《きぜん》とした態度をとらなければならない。

「骸《むくろ》を運びます。その前にご覧になりますか？」

声をかけられ、これは女だてらにひとりで乗り込んできたことに対する嫌がらせだと合点する。

「拝見しましょう」

あたしは平然と答える。私事で恐縮だが、あたしは死んだものを見るのが大好きだ、動物でも虫でも人間でも。女なら死体を見て悲鳴をあげると思ったのかもしれないが、とんだ見当違いというものだ。

満開の桜の木の下に案内されると、そこにはすでに硬直している中年男性の死体があった。腐り始めた肉と排泄物の異臭がする。肌の色は見事に死体だ。それも無惨に拷問された様子が見て取れる。その上にはらはらと桜の花びらが舞い降りる。一句浮かびそうな情景に心を奪われるが、公務をおろそかにはできない。

「ははあ、あからさまに外傷がありますね」

それでも冷静につぶやいてみせる。

「左様。ただし、ここで死んだのではなく首を絞めて殺した後で吊ったらしい」

後ろで太い声がした。振り向くと和装のやせ細った男性が立っていた。見事な銀髪だ。あたしがさらに訊《たず》ねようとするとすっと立ち去ってしまった。

「あの男が検死したのか？」

案内してくれた警察官に訊ねるとうなずいた。

「はい。検死担当の戸田《とだ》先生です」

顔にありありと失望の念を見て取れる。せっかく傷だらけで腐りかけの死体を見せたというのに顔色ひとつ変えない女にがっかりしたのだろう。

あたしはため息をつくと、気を取り直してあたりにいる者に手当たり次第に質問して回った。のちにあたしが記録した事件のあらましを紹介する。

大正二年三月二十五日、東京の雑司ヶ谷にある小学校の校長が首を吊られて死んでいた。早朝に通りかかった近隣の住人が、校庭の桜の木に揺れていた骸を発見した。当初は自殺も疑われたが、直後に自死団の犯行声明が新聞社や警察に届いたため殺人事件と判明した。その報を受けた花鳥風月がすぐに特殊脳犯罪対策班に出動するよう命を下した。

見る者のいない満開の桜の中、舞い落ちる桜の花びらを身体にまとい、きっちりと黒のスーツを着こなした状態で校長は吊られていた。生前の校長は校内では有名な洒落者《しゃれもの》で、ハイカラな洋服を着こなしていたそうだ。のちにわかったことだが、それは校長自身を送るための手向《たむ》けの礼装だったのだという。わざわざ校長の自宅から礼服を運んだという念の入れようだ。

死体の全身に無惨な傷痕《きずあと》が多数あった。特に目を引いたのは、両耳がそぎ落とされ両手の指が全て切り落とされていたことだ。どちらも生きている時に切り落とされた可能性が高い。いくつかの新聞は号外まで出し、自死団の猟奇殺人事件と騒ぎ立てた。

現場に残された痕跡《こんせき》と検死の結果から、校長は自宅から校庭まで連れてこられ、拷問を受け、そのうえで自殺のような形で吊られたことがわかった。

自死団の犯行声明によれば、「何代にもわたり、自死者を出していない校長の家系は不浄である。校長が自死することによって浄化すべきである」という説得に応じて自殺したということになっているらしい。ただし、説得とは拷問のことであり、本人に見えるように一本ずつ指を切り落とし、耳をそぎ落とし、校長自身の口に押し込むという陰惨なものだった。

死んだ方がましと思えるところまで追い込み、「いっそ、殺してくれ」と言わせたうえで、両手の指を失い自分では首を吊れない校長に代わり、自死団が校長を吊った。彼らに言わせれば本人の意思によるものだから、自死なのだという。これによって校長の一族の魂の浄化がなされたことになったらしい。

なぜか、死の間際にハイカラ節を歌わせたらしく、未明に調子外れの大きな歌声が周囲に響いたという証言があった。

さらに騒ぎを大きくしたのは自死団によるちらしの配布だった。禍々《まがまが》しい首吊りの絵に「帝都を清める自死の禊《みそぎ》」と銘打《めいう》って、校長たるものが自死の範《はん》を見せなければならないと説諭して実行させたと書いてある。

拷問を説諭と言い換えるのはいかにも脳犯罪者のやりそうなことだ。近隣の住民は仕事そっちのけでちらしを奪い合い、それが他の地区まで飛び火した。半分は不安、半分は興味で自死団の名と共に猟奇事件が広まってゆく。このまま捨て置くわけにはいかない。臣《しん》民《みん》の安寧《あんねい》を守るのが役目。

現場の警官はやたらと非協力的で、ここまで調べるのは一苦労だった。気がつくとすでに午後三時を回っている。昼を食べ損ねた。

籐子のメモには帰りに通るべき道順が記されていた（なぜか往路の道順はなかった）。人力車に揺られていると目の隅《すみ》になにかが見え、次の瞬間その正体がわかってあわてて車を停めた。そうだ。この道沿いには、だんごの美味しい店があったと思い出し、昼食代わりにだんごを食べるくらいはよいだろうと立ち寄った。気色の悪い事件の口直しとばかりに、一気に数本をいただいた。

だんごを頬張っている間《あいだ》に通りかかった人々は、口々に自死団事件を噂《うわさ》している。想像以上に関心を持っているらしい。中には真面目《まじめ》に家系を調べて、先祖に自殺者がいるからうちは安心と言っている者までいる。本来自殺した者は忌《い》むべきものだろうと思うが、なにも言わずに黙って聞いておく。予想外に大事件なのだとあらためて思い知った。

特殊脳犯罪対策班に戻ったのは夕刻だった。出る時とはうってかわってずらりと異様な顔ぶれがそろっている。だんごを食べている場合ではなかったかもしれないと少し後悔した。

「ただいま戻りました」

中央の机におずおず近づくと全員の視線がこちらに向けられた。とたんに緊張が頂点に達する。

篠子が顔をあげ、にっこり笑ってくれたのが救いだ。

「ちょうど会議が始まるから自己紹介してね」

篠子はそう言うと隣の席に座るよう手招きする。

「お茶を用意しましょうか？」

机の上に茶がないことに気づいた。

「特高のお役人さまにそんなことをしていただいたら罰《ばち》が当たります。お気になさらず。おまかせくださいさい。ささ、おかけください」

妙に艶っぽい声がしたかと思うと、黒と灰色を基調にした着物に袴姿の女性が盆を持って現れ、机に茶を置き始めた。白い横顔に深紅の唇。特徴のある大きな目。人形女給兵団四天王のひとり、三番隊隊長の蓬莱霞に相違ない。

「あ、ありがとうございます」

礼を言って篠子の隣に腰掛ける。

「蓬萊！　こちらは今日からゲヒルンに異動になった眼鏡屋さん。自己紹介なさい」

篠子が凜とした声をあげたので、あたしまでどきりとした。

「知らぬこととはいえ、失礼しました」

知らぬはずはない。さきほど、「特高のお役人さま」と自分で言ったばかりだ。事前に得た知識の通り、食えない相手だと思う。

「事務屋知解子です。よろしくお願いします」

立場から言えば、こちらが上だが、つい下手《したて》に出てしまう。立ち上がってお辞儀した。

「噂の通りなら、私のことはご存じでしょう」

蓬莱は意地悪い目つきをする。

「人形女給兵団三番隊隊長、蓬莱霞。ふたつ名は『惑いの蓬莱』。男性とは思えぬうるわしさですね」

「よくご存じでいらっしゃる。情報量と記憶力。ゲヒルンに来るからには腕もたつのでしょう。楽しみです」

蓬莱が皮肉に笑う。あたしは特高で荒事の訓練は受けたが、決して強いとは言えない。ゲヒルンの構成員に比べたら稚児《ちご》も同然。それを当てこすられているような気がした。この人とは仲良くなれそうにない。

落ち着かない気分で茶をすすると意外にも美味しい。ほどよい温度に調整され、口に含むとふくよかな香りが広がる。よい茶葉を使っただけではこうはならない。適切な温度と美味しい水、そして最適なむらしが必要だ。悔《くや》しいが、あたしよりお茶を淹《い》れるのはうまい。

でもお茶の隣に置かれた青葉屋《あおばや》のみそまんはいただけない。なぜか特高ではみそまんを好きな人が多いが、あたしはどうも好きになれない。素直に不味《まず》いと思う。

「あの人は葛城丈太郎さん」

篠子に声をかけられて顔をあげると筋肉の塊《かたまり》のような男性が向かいに腰掛けていた。目が合うとにっこり笑う。

「葛城丈太郎だ。よろしく」

太くしっかりした声で挨拶《あいさつ》され、あたしはあわてて立ち上がって頭を下げる。

「事務屋知解子です。よろしくお願いいたします」

葛城丈太郎とは警視庁の会合で何度か顔を合わせたことがある。口数は少ないが真面目な印象だった。篠子同様格闘技の達人と聞いている。篠子と違って葛城は見るからに強そうだ。大きな身体にがっちりした筋肉。そして素直な性格。絵に描いたような正義の肉体派だ。

「あちらは氏家さん」

葛城の隣に腰掛けているのは氏家翔太だ。すでに三十路《みそじ》の声を聞く年齢にもかかわらず、見かけは美少年。中身は残虐非道な猟奇殺人犯だ。うら若い女性を次々に殺し、その肉を食らい、不老不死の研究をしていた。帝都大学を首席で卒業したほどの頭脳の持ち主なのにもったいない。本来なら死刑に値《あたい》するのに、その異能を買われてここにいる。もっとも注意しなければならない相手だ。

「よろしくお嬢さん」

氏家がみそまんを片手に微笑んだ。わかっていても巻き毛に縁取《ふちど》られた愛らしい笑顔を向けられると、思わず頬がゆるんでしまう。赤いジャケットに半ズボンにハンチング帽という出で立ちもあざとい。

「よろしくお願いいたします」

あたしは頬が赤くなったのではないかと心配しながら頭を下げた。

「その隣が片目班長」

片目金之助が現れた。挨拶もなしで、「私に話しかけるな」と言う。てっきり事件の報告を求められると考えていたので拍子抜けした。「承知しました」と答えたものの、この人とも仲良くなれそうにないと感じる。そもそも銀色の服といい、顔に包帯をしていることといい、あまりにも怪しすぎる。

それにしても居心地が悪い。片目、氏家、蓬莱から嫌な視線を感じる。

「あの、さきほどから歓迎されていないような気がするのは気のせいでしょうか？」

思い切って訊ねてみた。

「あら、あたしは歓迎してるけど」

籐子は屈託なく答える。

「オレも」

葛城もすぐ答えた。この健康的な二人組は大丈夫そうだ。

「愉快なお嬢さんだ。それに首が細くていい。吊るしたいね」

氏家はこういう発想しかできないし、女とみれば実験材料にする目で見るのだろう。

「君が言うと冗談にならない。私ももちろん歓迎している。ここの人間は内気なので感情を表現するのが下手なのさ」

片目は包帯で目元を覆っているせいもあって表情が読めない。片目については特高に入る前の情報がない。出身も年齢もわからない。どこかに記録があるはずだと思うが、少なくともあたしが見ることのできる範囲にはない。

「人形女給兵団ではない女がいると空気が濁《にご》りますね」

蓬莱は鋭《するど》い目をあたしに向ける。理由はわからないが、やはり嫌われているらしい。

「諸君、待たせたな」

そこに花鳥風月が入ってきた。片目をのぞく全員が立ち上がったので、あたしもあわてて立ち上がり、みなと一緒に礼をした。

花鳥の顔を見て少しほっとした。花鳥もあたしの顔をちらっと見て、満足そうにうなずくと、すぐに席について片目と話を始めた。

「委細《いさい》、あの通りなので行動を慎んでもらいたい。〝当たり〟かもしれない」

と花鳥風月が言うと、

「最前の全員抹殺計画を敢行《かんこう》します」

と片目が返す。

「風向きが変わるとよいのだが」

花鳥がすっと書類を差し出すと片目は中身を確認せずに受け取る。

「首魁《しゅかい》がわからぬといっても全員殺せばいいだけのこと。諸刃《もろは》の剣《つるぎ》も月を切るのはうってつけ。お安い御用です」

「自重が肝要。〝はずれ〟でないことを祈る」

「かしこまりました」

会話が成立しているようには思えない。互いに勝手なことを言い合っただけだ。ふだんの花鳥風月は普通の会話ができる男だ。自分の頭が変調をきたしたのかと心配になって、周囲を見るとわかったような顔で平然としている。あっけにとられている間に花鳥は帰ってしまった。

あらためて部屋を見回してみる。地下に広がる広い空間は巨大な機械のはらわたのような赤銅色の内装を施《ほどこ》され、高いドーム形の天井は悪魔《あくま》を召喚しそうに見える。あちこちに輝いている電灯はシャンデリアのように絢爛な光を放っているが、この巨大な部屋には足りない。中央の机についている六人のうち、ひとりは顔を包帯で覆い銀色のスーツをまとい、ひとりはこれみよがしの美少年、そして女装の蓬萊、筋肉の塊の葛城と現実離れした組み合わせだ。もしやこれは夢で自分はまだゲヒルンに出勤していないのではないかと思ってしまいそうになる。

「蓬萊！」

片目が叫ぶと蓬萊が立ち上がり、壁にある扉のひとつの前に立つ。

「こちらへ」

とあたしを招くではないか。

「お嬢さん。片目の旦那は、〝君のための部屋を蓬萊が用意しておいた。さっそくその部屋から地図を取ってきてほしい。蓬萊に案内させる〟とおっしゃっているのだよ」

氏家がにやにやしている。「蓬萊！」の一言でそこまでわかるものなのか？

「ここでは一を聞いて十を知ることができないとやっていけない。がんばってくれたまえ」

「みなさんもわかったんですか？」

籐子と葛城の顔を交互に見るとふたりとも首を横に振り、

「わかるわけないでしょう」

異口同音《いくどうおん》に答えたので、少し安心した。わからないのは、あたしだけじゃない。あたしは席を立って蓬萊の立っている、重苦しい感じの金属製扉の前まで行く。

「この中に必要なものは全てそろっております。確認のうえ、地図と資料をお持ちください」

蓬萊が冷たい声で説明する。扉を引くとぎぎぎぎという嫌な音を立てて開いた。こぢんまりとした四畳ほどの部屋に本棚と机がある。いったいなにかはわからないが、本棚は書類で埋まっている。本に囲まれた部屋に足を踏み入れると、ぞくりと鳥肌が立つ。仕事柄、大量の本を目にすることは多いが、いつも不安と背徳的な興奮に襲われる。膝が震えた。

深呼吸して気持ちを整える。机の上にはすでに地図と資料らしきものが置かれていた。これを持ってこいというのだなと合点し、手にして会議の机に戻る。

「地図は中央に、資料は私に」

片目が短く言ったので、その通りにした。地図を机の中央に広げると東京の地図だった。

「私が場所を言うからそこで起きた自死団事件を皆に語り、事件現場を色鉛筆で印をつけたまえ。月ごとに色を変えろ」

一瞬、なにをすればよいのかわからなかったが、すぐに理解した。つまり片目は、あたしが過去に起きた自死団事件の詳細を諳記《あんき》していると考えているのだ。それを思い出して説明しながら地図に印をつけろということだ。試されているのだ。蓬萊と氏家がこちらを見ている。失敗すると思っているのならとんだ考え違いだ。

「浅草」

片目の声がさっそく飛んできた。蓬萊がさっと色鉛筆をあたしに差し出す。悔しいが手際がいい。

「大正二年三月十六日未明。近隣に住む老舗《しにせ》呉服屋の長男が浅草の隅田川のそばに立つ桜の木で首を吊って死んでいるのが発見された。現場の状況から何者かが長男を拷問の上、自死に追い込んだものと推定。のちに自死団から犯行声明のちらしが都内でばらまかれ、自死団の手によるものと断定された。長男の死体の第一発見者は梅岡民《うめおかたみ》。忠岡《ただおか》巡査が報告を受けて駆《か》けつけた。検死は戸田典膳《てんぜん》」

あたしは地図に赤で●《マル》を描いた。

「雑司ヶ谷」

「大正二年八月八日の朝九時頃、雑司ヶ谷墓地で女が死んでいるのが発見された。女の名は磯島麗子《いそじまれいこ》。近所に住む四十二歳の主婦。検死の荻野邦生《おぎのほうせい》によれば死因は毒物。第一発見者は磯島麗子の妹の登美《とみ》。大声で取り乱している者がいるという通報を受けて米田《よねだ》巡査が駆けつけた」

「富岡八幡宮《とみおかはちまんぐう》」

「大正二年一月二十二日夜十時頃、深川に住む田川《たがわ》シズが井戸に飛び込んだという通報があり、大石《おおいし》巡査と後藤《ごとう》巡査が向かう。現地の状況から自殺と思われたが、その後、死体に争った様子が認められたことから自死団の可能性が浮上し、翌日犯行声明が出るにおよんで他殺と確定した。検死は戸田典膳」

片目はあたしが渡した資料をぱらぱらめくりながら声をあげ、あたしは即座に事件を説明する。小半時もそれを繰り返すと、地図の上に三十六の点がついた。それにしてもいったいこれはなんの余興だろう。

「これで全部か？」

片目の言葉にあたしはうなずく。どうやら全て合っていたらしい。自信はあったが、ほっとした。

「自死団事件、三十六件全てです」

あたしは胸を張って答える。葛城が、「こりゃあ、たまげた」とおおげさに驚き、篠子も目を丸くしている。

「お見それしました。ご無礼の段、お許しください」

蓬莱までもが素直に頭を下げた。思ったより素直なので驚く。

「共通点は？」

だが、片目の態度は変わらない。鋭く質問してきた。

「特にありません」

「訊き方を変えよう。自死団発生から半年の間での共通点は？」

「自死団事件は大正元年十一月に巣鴨《すがも》村で起きた首吊りが最初です。そこから翌年の四月までは、被害者の年齢が二十代から三十代で、いわゆる名家の裕福な家庭が多いです」

「ふむ。その後は？」

「特にこれといった共通の特徴はありません」

あたしが答えると片目は資料をぱらぱらとめくり、一枚の紙を懐《ふところ》から取り出すとなにかを書き留めた。

「論理が世界を統《す》べる。首魁はわかった。花鳥風月に提出するための証拠を集めよう」

全員がえっと声をあげた。特高があれだけ苦心しても突き止められなかった敵の正体を地図と書類をちょっと確認しただけで特定したというのか？

「大丈夫。片目さん以外は誰もわかってないから」

籐子が唖然《あぜん》としているあたしの袖《そで》を引いてささやいた。

「人形屋と葛城は、犯人の家を張り込んで動きがあったら尾行しろ。犯人が家にいてもかまわず出てきたヤツを尾行するんだ」

片目はそう言うと、傍《かたわ》らの葛城にさきほどの紙を渡す。

「私と蓬萊で自死団を挑発すればヤツは必ず動く、それをもって証拠とする」

「尾行した後は班長に報告に行きますか？」

葛城が怪訝《けげん》な表情のまま紙を手に立ち上がる。ことの次第がよくのみ込めていないようで、あたしは安心する。

「いや、ずっと尾行しろ。いずれわかる」

理解不能

片目がこちら、いや籐子に顔を向けたが、すでにその時には彼女は葛城の横に立っていた。

「すぐに向かいます」

と元気よく返事して、葛城とともに出口に向かった。

「蓬莱は私と一緒に来い。三番隊に活躍してもらう」

片目はそう言うとすたすたと歩き出し、蓬莱はまるで夫に付き従う妻のようにそっと寄り添う。

残されたあたしは同じく残された氏家の顔を見る。

「オレは遊撃隊のようなものだから数には入らないのさ」

やっぱりこの人を相手にしてはダメだ。

「片目班長！　あたしはなにをすればよいのですか？」

「零時頃に我らが犯人宅に到着する。その前に眼鏡屋は犯人の家の間取りと周りの地理を記憶して犯人宅の近辺で待機。武装を忘れるな」

片目は振り向かずに答える。

「犯人は？」

当然、葛城に犯人の名前や住所を書いた紙を渡したようにあたしにもくれると思った。

「それくらい自分で考えたまえ。できぬなら尻尾《しっぽ》を巻いて帰れ。間抜けは不要だ。好奇心は猫を殺すが、世間体は真実を殺す」

片目は冷たく言い放つと、天井を指さした。

「千年の呪いに焼かれて死ぬような愚《おろ》かな真似はやめろ。論理に仕えて理想郷に邁進《まいしん》せよ」

片目は意味不明の言葉を残して去って行った。氏家が楽しそうに手を叩いて笑い出したので殴りたくなったが、こらえた。

「さて、遊撃隊も出発いたしますかね」

氏家はそう言うと、ひょいと立ち上がり、足早に片目の後を追って行った。完全にひとりで残された。

あたしが首魁を探り当てようと資料と首っ引きになっている間、外ではとんでもない騒ぎが起きていた。中でも忘れてはいけないのが、闇の世界で今でも語り継がれている「蓬莱三番隊の百人斬り」だ。

その場を目にした者はもういないから、直後に話を聞いてまとめたあたしが一番くわしく知っていることになる。せっかくですからお話しいたしましょう。

ゲヒルンにはみっつの出入り口がある。内務省一階につながるエレベーターと階段（今朝、あたしが使った）、それに涅槃喫茶につながる地下通路。人目にふれずに出入りできるので、涅槃喫茶を利用しがちだ。

葛城と籐子が涅槃喫茶に向かう地下道の通路の扉を開く頃、片目と蓬萊が追いついた。豆電球程度の情けない灯りに照らされた仄暗い通路に足を踏み入れる。すぐに氏家もついてきた。

「班長はどちらへ？」

籐子が片目に訊ねると
「言わずと知れたこと。自死団狩りだよ。殺して殺して殺しまくる」

「班長！　花鳥さんは〝慎む〟とか〝自重〟とかおっしゃっていませんでしたか？」

葛城が質問する。

「遠回しに殺せと言ったのを聞いただろう」

片目の返答は判じ物だ。質問しても、さらに意味不明の答えが返ってくるだけだ。葛城は当惑する。

「殺す？　誰をです？」

葛城は愚直に訊ね、籐子は聞き耳を立てる。

「自死団員に決まっているだろう。皆殺しにする。少なくとも首魁は生かしておけない」

「すみません。我々は事件を解明するんですよね？」

「首魁を殺せばよいだけのことだ」

片目の言葉に、氏家が、あっと声をあげた。

「オレには班長の考えていることがわかった」

にやりと笑う。籐子と葛城は顔を見合わせる。

「頭のよい方同士でわかり合ってればいいんだわ。どうせあたしたちはバカですよ」

籐子が膨れると氏家は笑い、葛城は神妙な顔で首を振った。

「そういうわけにはまいりません。本来、班長には班員に指示を出す義務と責任があると自分は考えます」

「だから指示を出したろう。これ以上は、時間の無駄。悪夢の掛け違いだ」

「悪夢の掛け違い」という言葉の意味がわからず、三人は黙る。班長の言葉は意味深のようで単に妄想に端を発しているものも多い。妄想であれば聞き流す以外の対処法はない。しばし、三人は黙考し、妄想と判断した。

「班長殿の考えは効率的だ」

氏家は自慢げに鼻を鳴らす。葛城は、わかりません！　とつぶやき、籐子はため息をつく。

五人は無言で進むと突き当たりに階段が見えてきた。出口が近い。

階段を上ると、涅槃喫茶の物置部屋に出た。裏口がすぐそこにある。

「あらら。みなさん、おそろいで」

珈琲豆を取りに来ていた解脱と出くわした。

った。

「公務だ」

片目が素っ気なく言うと、解脱は肩をすくめ、次々と倉庫に現れ、出て行く一同を見送った。

涅槃喫茶の裏口を出ると、薄闇の街角にT型フォードが一台止まっていた。籐子がちらりと中を覗《のぞ》くと、見慣れた顔が運転席にあった。片目が贔屓《ひいき》にしている運転手である。おそらく花鳥風月が帰りしなに手配しておいたのだろう。

「私と蓬莱は有楽町《ゆうらくちょう》に向かう」

片目はそれだけ言うと、蓬莱とともに車に乗り込む。あっけにとられた残りの三人は言葉が出ない。

「毎度のことながら班長さまのなさることはよくわからない。それにしてもタクシーを使うとは豪勢なものだ」

氏家は笑ったが、籐子は笑う気にならない。こんな時間に自死団を探すのはいかにも薄気味悪い。

タクシーの歴史は大正元年八月五日、有楽町数寄屋橋《すきやばし》にT型フォード六台を擁するタクシー自働車株式會社が誕生したところから始まる。流しの営業はなく、車庫で呼び出しを待っていた。当時台数も少なく、高額なタクシーに乗る人間は限られていた。

「まあ、好きにやらせてもらいます。少年探偵の活躍に乞《こ》うご期待」

乾いた笑い声を残し、闇に消えた氏家の後ろ姿を見送った籐子と葛城は、顔を見合わせた。

解脱が店に戻ると、カウンターで花鳥風月がパイプをくゆらせて新聞を読んでいた。肉付きのよいぽっちゃりした身体にタータンチェックのスーツが妙によく似合う。日本人にしては高い鼻も一役買っているのかもしれない。

店の中央にある円形のカウンターは半円に区切られ、入り口側の明るい半円にはなんの仕掛けもないが、反対側は、柱と壁の陰になって誰が座っているのかカウンターの中からでないとよく見えないようになっている。その陰の中に花鳥は潜んでいた。

「あら、いらっしゃいませ。なにか気になる記事でもありましたか？」

「やはり自死団事件が気になるね」

「薄気味悪いことです」

「自死こそ至高と語り、自死しない者は悪と決めつけて強要するのはいただけない」

「そのへんの女学生たちは、たいそう関心を持っているようですね。自死に憧れるお年頃なのかもしれません」

解脱は肩をすくめる。言葉ほど、自死団に嫌悪感を抱いていないようだ。

「困ったものだ。人の命は、そんな軽いものじゃない」

「全くその通りです。片目の旦那の出番というわけですね」

解脱は探るような視線を花鳥風月に向ける。

「私はなにも言ってないぞ。マスターのカンには恐れ入るが、このことは秘密だ。なにせゲヒルン、特殊脳犯罪対策班の存在自体が秘密なのだからな」

「承知しております。不肖青島解脱も末席を汚しておりますゆえ」

「あ、そうか。そうだったな。涅槃喫茶はゲヒルンの一部だった。どうもここにいると普通の喫茶店と勘違いしてしまう」

「ところで例の新聞が手に入りました。伊藤博文《いとうひろぶみ》、井上馨《いのうえかおる》、山縣有朋《やまがたありとも》の死亡時期を当てる懸賞を開催した時のものです」

解脱が花鳥の方に近づくと、暗がりの中に上半身が隠れた。他に客はいないが、突然誰かがやってくるとも限らない。

「滑稽《こっけい》新聞、いや大阪滑稽新聞二十四号かね？　それはうれしい。ずっと探していたんだ」

だが花鳥は気にする様子もなく、新聞の名前を口にした。滑稽新聞は宮武外骨《みやたけがいこつ》の発行していた新聞だ。新聞というよりは今でいう週刊誌に近いもので、時事批評から下ネタまで幅広い分野を網羅していた。そこに通底していたのは、あくなき体制批判とパロディー精神である。最盛期は八万部を発行していたという当時もっとも人気のあった雑誌のひとつだった。

とはいえ、内容の過激さゆえ、そのままで済むはずがなく、発禁処分となる直前に自ら廃刊し、翌月に大阪滑稽新聞と名前を変えて刊行を継続した。宮武外骨は、のちに禁錮二カ月の実刑判決を受けた。特高に所属する人間が好んで読むのははばかられる代物《しろもの》だ。

「ああ、せっかく名前を伏せていたのに。誰かに聞かれたら面倒ですよ」

「この手のものがあるのは世の中が健全な証拠だ。ない方がおかしい」

「さはさりながら、そうはいかないのがこの世の常です」

「宮武外骨という男に一度会ってみたいものだ」

「滅相もないことをおっしゃる」

「いやいや、ゲヒルンを発足するに当たって宮武外骨を入れるつもりだったが果たせなかったのだ」

「ご冗談を」

「ものすごい反対を受けた。この私があそこまで反対されたのは初めてだな。考えてもみたまえ、政府転覆を考えるような輩《やから》はあの新聞の読者に決まっている。利用しがいがあるというものだろう」

解脱は苦笑した。一理あるような気もするが、一理以上の無理がある。

「それはご無体な……反対した方に同情します。仕方がありません。それに宮武外骨は野にいてこそ輝く男です」

「なるほど。言われて見ればそうかもしれぬ」

「新聞だけでなく先だっての洋行で入手したロートレックの絵もございます。まだ無名の画家ですが、私は大成するのではないかと思っています」

とりなすように解脱が話を戻す。

「そこの壁に貼ってある絵を描いた男だな」

「さすが、お目が高い。覚えてらっしゃいましたか。その新作がございます」

「拝見しよう」

花鳥が席を立つと、解脱もカウンターを出た。

「後はよろしくね」

と女給たちに声をかけてふたりして倉庫に向かった。


有楽町で車を降りた蓬萊と片目は、ガス灯に照らされる歩道を並んで歩いていた。もとより口数の少ない蓬萊は片目とふたりきりということで妙に緊張していた。蓬萊はかねてから片目に岡惚《おかぼ》れしている。片目の方でも、それに気づいていて、ことあるごとに蓬萊を自分の近くに置くように努めており、癲狂新聞の発行まで手伝わせている。

だが、蓬萊にはっきりと好意を示《しめ》したことはない。あいまいな好意の示し方しかしない。

「お前が私に好意を持っているのは知っている」ということだけは、ひしひしと伝わる。あちらから好意を示すことがないというのは、そういうことなのであろうと蓬莱は半ばあきらめつつもそばで尽くせればそれで良いと考えている。

「本来なら人形女給兵団の籐子を通じて依頼すべきところだが、今回は直接指示を出したい」

立ち止まったかと思うと、片目が突然話し出した。蓬莱には顔を向けずに、時計塔の時計の方を向く。月とガス灯の明かりを受けて、幽玄の佇《たたず》まいで時計が時を刻んでいる。それを見上げる銀色の怪人。

「望むところです。私の心はつねにあなたとともにあります」

余計なことを言ってしまったと後悔したが、もう言葉は口を出てしまった後だ。

「よろしい。いささか荷が重いかもしれないが、君と配下の者ならできると信じている」

いつも通り、片目はなんの反応もしない。

「片目さまから気遣いのお言葉をいただくとはよほどのことですね」

「すべきことは至って簡単だ。自死団員を片端から殺してくれたまえ。それだけだ。方法は問わない。殺す際には特殊脳犯罪対策班ゲヒルンの手の者だという名乗りをあげてくれ」

悪い冗談にしか聞こえない。あるいは自分の忠誠心を試す試験なのかもしれない。蓬莱は戸惑う。

「文字通りの意味だ。冗談や隠喩はない」

蓬萊の表情を見た片目が駄目押しをした。

「いいんですか？　警察の他の部局が問題にしませんか？」

「そちらは花鳥がなんとかするだろう。心置きなくやってくれたまえ。自死団員はもとより死を希求している者たちだから良心も痛まないだろう」

理屈はそうだが、だからといって第三者である我々が殺してよい道理にはならない。しかし片目には逆らえない。逆らいたくない。

「誤ってあるいは戦闘の途中でやむなく自死団員以外の者を手に掛けてしまったら、いかがいたしますか？」

「かまわんよ。そういう時には相応の理由がある。自死団員と一緒にいるなら巻き添えも覚悟の上だろう。さきほど花鳥からもらった書面は特高がつかんでいる自死団員の一覧だ。当面はこの一覧表を使えば間違いはないはずだ。できるだけ早く始末してくれ。三番隊なら零時までもかからんだろう」

片目が示した紙には名前と住所がずらりと並んでいる。蓬萊は自分の手が汗ばんでいることに気がついた。やむなく人を殺《あや》めたことはあったが、これほどの人数を短時間で殺したことなどない。もしも片目の判断に誤りがあれば、自分は稀代《きだい》の殺人鬼になる。配下の者たちが、言うことをきいてくれるかも心配だ。本当なら自分ひとりがかぶってしまいたいが、この人数をひとりでは無理だ。

片目は常に狂気とともにある。自分はとりかえしのつかないことをしようとしているのではないかという思いが頭をよぎる。

片目に、「本気ですか？　私にこれだけの人数を殺せとおっしゃるのですか？」と訊ねたいが、答えはわかっているし、愛する相手の機嫌を損ねたくない。

「こちらには被害を出さないでくれ。自死団員ひとりに対して三人以上でかかれば確実だろう」

蓬莱は卑怯なやり口と思ったが、口にはしない。片目にそういう理屈は通じない。手にした一覧表は、きっかり百人だ。蓬莱配下の百人を三人ずつに割って三十三。それぞれ三人殺せばよい計算だ。端数のひとりはどこかの班がひとり多く殺せばいい。

あたりにはまだ人影がある。ガス灯のほのかな光に浮かび上がるモダンな洋服を着た人々、和装の人々。自分たちも傍《はた》から見たらおしゃれなふたりに見えるのかもしれない。高級な洋装の片目と、袴姿の自分。とはいえ、顔に包帯を巻いている片目の異様さは隠しようもないのだが。

「『惑いの蓬莱』が確かに承りました」

蓬莱は三番隊の呼子笛を吹いた。近くの者が笛を聞き、連絡網に連絡を回し始める。すぐに自転車に乗った女学生たちが蓬莱の周囲に集まってきた。片目は蓬莱から少し離れて、その様子を見ている。

たちまち三番隊隊員は歩道にあふれかえった。頃合いよしとみて、蓬萊は声に力を込めて話を始める。

「人形女給兵団三番隊は特命を受け、自死団を殲滅《せんめつ》する作戦を行うことになった。今宵零時までに自死団の構成員百名を殺し尽くせ」

よく通る蓬萊の声に、隊員は互いに顔を見合わせる。これまで数々の命を受け、任務遂行上やむなく人を殺すことはあっても、殺人そのものが目的だったことはない。

「ためらうな」

蓬萊はそう言ったが、自分自身にためらいが残っている。ひとたび血を見れば、血に酔うことがわかっている。そして酔えばたがが外れそうになる。それを察知したかのように隊員たちのざわめきは収まらない。

「我が心は国体とともにあり、その護持に全てを捧げる覚悟はできている。迷いのある者は不要だ。この場を去れ。志《こころざし》ある者だけが行動を共にしろ」

自分に言い聞かせるように言い放つと隊員は静まった。

「ここに一覧表がある。これを手分けする。三人組を作り、それぞれ三家族を殺すのだ。その他にも自死団とおぼしき者がいたら迷わず殺せ」

自死団も狂っているがそれ以上に片目はおかしい。それに従う自分も狂っている。愛する者の狂気に地獄の底まで付き添うことが自分の生き様なのだ。正直、国体の護持などどうでもいい。あの人の言葉に従っているだけ。そう言い聞かせた。今宵の月は血に染まる。

さきほどから自転車をよく見かけるようになった。こいでいるのは袴姿の女学生だ。女が自転車に乗ること自体珍しいのに、夜に走り回るとは尋常ではない。おそらく人形女給兵団の手の者だろう、と氏家は推察する。

まったくもって皆目手がかりなどない。いっそ片目を捜して合流しようか。そもそも自死団などという発想そのものが理解できない。魂は不滅である以上、それに合わせて肉体も不老不死であるべきだ。

氏家は、なんとなく自転車の後を追うようにぶらぶら夜の街を徘徊した。額《ひたい》に印でもついていないことには自死団員がいてもわかるわけがないとこぼしながら。

気がつくと新橋停車場が見えた。人気のない巨大な石の社《やしろ》。夜にガス灯に照らされて浮かび上がるさまは、悪魔の神殿《しんでん》を彷彿とさせた。

日本最初の鉄道として明治五年に横浜と結ぶ路線が開通した。その駅舎は石の神殿のようにも見え、プラットホームは伊豆《いず》斑石《まだらいし》でできた盛土式石積のものだ。えらく気合いを入れたものだよな、とつぶやきながら氏家はそぞろ歩きを続ける。このまま行くと銀座だ。

蓬莱は自分の分の割り当てを確認し、自転車を借りると、団員ふたりとともに谷中《やなか》に向かった。しばらく走ると、煉瓦《れんが》敷《じ》きの道とガス灯はなくなり、月明かりを頼りに走る。出桁《だしけた》造《づく》りの商家の並ぶ無人の道を三台の自転車が駆け抜ける。

すでに真っ暗となった夜の中にほのかに門灯をともす一軒家が目指す家だ。庭があり、その周りは塀で囲われている。数軒手前で自転車を降り、足音を消して家に近づく。蓬莱はついてきたふたりに目配《めくば》せする。

門には簡単な閂《かんぬき》がかかっていたが、蓬莱はいとも簡単に錐刀《すいとう》でこじ開けて、敷地内に侵入した。家屋にはまだ灯りが点いている。広い庭には池があり、縁側からながめることができるようになっていた。気配を消して身を低くし、庭に面した上がりがまちに近づき、中の様子をうかがう。

人の話し声はしないが、誰かいるのは障子《しょうじ》に映った影でわかる。深呼吸を数回し、ふたりの団員に目配せすると一気に縁側にのぼり、障子を引いた。

「公務により失礼する。橋本一郎《はしもといちろう》だな?」

部屋の中であぐらをかいて本を読んでいた中年男が、ぎょっとした表情で顔をあげたが、女学生三人と見て、安堵《あんど》した表情を浮かべる。

「公務? なんですか? お嬢さんがたは?」

にやけた顔を見て、女と見てなめられたと蓬莱はむっとする。

「自死団の者だな？　特殊脳犯罪対策班ゲヒルンだ」

「な……」

相手が硬直した。蓬莱はその隙に身構えた。相手は丸腰とはいえ、正面から対峙しての殺し合いは何度やってもおそろしい。一刻も早く片付けてしまいたい。片目からは自死団も係累も見境なしに殺せと言われているから、もう殺してもよいと判断した。

蓬莱の身体が座っている男に向かって滑《なめ》らかに沈み、右手で相手の男のうなじを軽く撫《な》で、すぐさま後ろに飛び退いて入ってきた障子を閉めた。すでに一緒に来ていたふたりは部屋の外に退避している。

首筋から噴水のように血が噴き出し、障子に血しぶきがかかった。蓬莱は袂《たもと》から取り出した懐紙《かいし》で錐刀をぬぐうと、血で汚れた紙を庭に捨てる。その時、儚げに地上を照らす月と目が合った。見られてしまったと思う。

「次だ」

蓬莱は表情を変えずにつぶやくと縁側を歩きだした。とたんに同行しているひとりがうずくまって嘔吐《おうと》した。

「新入りなもので申し訳ありません」

苦しげに、もうひとりが答える。

「無理もない。慣れてもらうしかない」

「できないかもしれません」

「ただで辞められると思うな。その場で死ぬか、アヘン漬けになって男娼《だんしょう》として身体を売る苦界《くがい》に身を沈めるかのどちらだ」

男娼として苦界に身を沈めると聞いた時に女装の少年の目が暗い光を帯びた。淫猥《いんわい》な香りが漂う。

「冗談だ。だが、今の反応でわかった。君はすぐに慣れる。死は性交より官能的だ。次は君がやれ」

「そんな……無理です」

「この隊に入れたのだから、なみの人間よりは腕が立つ。立ち会いで負ける道理はない。後は相手を殺す気概だけ。相手を犯すつもりで切ればいい」

相手は無言でうなずいた。

「名前は？」

蓬莱の問いに相手は、

「珠生《たまを》と申します」

と答えた。

蓬莱たちにとって、死と血はあらゆるものを官能的に彩る媚薬《びやく》であり、美の権化だ。この世の死と絶望ほど美しいものはない。

持って生まれた美貌を女装によって磨き上げ、死と血をもたらす天使になりたい。その夢は人形女給兵団三番隊隊長になることで実現できた。死と血と美と快楽を、ここまで無節操に堪能できる仕事はない。殉死できるなら、これに優る幸福はないだろう。

氏家が銀座に近づくと、何度も警官たちと野次馬に遭遇した。決まって人だかりがある。その場の状況から殺人事件、それも三番隊の仕業と推測した。すでに五件の現場を見かけた。いったい蓬萊は今宵何人殺すつもりなのだろう。あきれると同時に羨望の思いが湧いてくる。蓬萊とは違うが、氏家も死に魅入られたひとりだ。

「うまいことやりやがって」

思わずひとりごとが出た。趣味と実益を兼ねるとはまさにこのことだ。

それにしても片目の真意がわからない。ここまで騒ぎを大きくしてどうしようというのだ。特殊脳犯罪対策班の構成員の数から考えて長期戦には向かないから、一気に今晩で片を付けるつもりというのはわかる。先だっての会議では犯人も特定したらしい。それなのになぜこんな大騒ぎが必要なのか？

氏家の知る限り、片目は自分や蓬萊のような死や美を楽しむ人間ではない。事件解決が目的なら効率的に解決するはずだが……蓬萊の率いる三番隊の虐殺は控えめに言ってもやりすぎだ。

わからんとつぶやきながら、氏家はぶらぶらと夜の散歩を続けた。

氏家は人形女給兵団の四天王と籐子の姿を頭に思い浮かべた。武道の達人であることは言うまでもないが、それぞれ違った魅力を持った女学生だ。中でも蓬莱と団長の籐子の美しさは際立っている。他の三人は小半時も銀座を歩けば見つかりそうだが、蓬莱と籐子は滅多矢鱈《めったやたら》なことでは見かけないほどの容姿をしている。だが、その美は対照的だ。昏《くら》く耽美な蓬莱と、健康的で明るい籐子。愛情や恋愛観も真逆だろう。

そして数え切れないほど人を殺めてきた蓬莱と、まだひとりも殺したことのない籐子。見るからに淫蕩《いんとう》な過去を持つ蓬莱と、処女にしか見えない籐子。にもかかわらず立ち合えば籐子が勝つというのも不思議だ。おそらく蓬莱にはまだこの世に未練があるのだろう。籐子は世間知らずの女学生だが、心根の深いところに「無」をたたき込まれている。だから立ち合いに当たっての躊躇《ちゅうちょ》がない。「無」で戦いに臨《のぞ》めるから有利だが、その分突風のような感情を制御できない。

氏家は籐子が怒りを爆発させたところを何度か見ている。いずれも犯罪者と戦闘に入った時のことだが、それまで静かに気配を消して応戦していた籐子が突然感情を爆発させ、熱風のような殺気とともに相手を圧倒的な力で倒す。それに比べるとふだんの立ち合いは児戯に等しい。

籐子が殺人と快楽に目覚めたらどうなるのか想像するだけで氏家は楽しくなった。

蓬莱と三番隊が自死団員を殺し回っている情報はすぐに他の自死団員にも知られることとなった。彼ら独自の連絡網で情報を交換し、身を隠すか、立ち向かうかでグループを分けた。ほとんどの者が立ち向かうグループに参加し、蓬莱率いる三番隊の居場所を探り、襲撃しようと算段する。

だが、銀座にゲヒルンの班長片目がいることを発見したという報告が入り、全員がそちらに向かった。帝都の自死団員は数千人を超えると言われるが、その夜銀座に向かうことができたのは百余名。片目ひとり殺すには充分すぎる。ただでさえ、片目は戦闘能力に長《た》けているわけではないのだ。

そんなことが起きているとはつゆ知らず、あたしはたったひとりで必死に謎を解こうとしていた。いったい自死団の首謀者とは誰なのか？　鍵は過去に起こった自死団事件の情報のみ。片目はそれだけで首魁を特定した。資料を読み返し、地図をながめてもさっぱりわからない。どこかの地区に集中しているとか、なにか共通点があれば手がかりになるのだが。

そういえば片目は共通点を訊ねていた。ないと答えたら、期間を区切った。半年の間なら共通点はあった。そこから片目はなにかをつかんだのかもしれない。書類に記載されている情報は……

・犯行時間
・発見時間
・場所
・殺害方法
・発見者
・対応した者
・目撃者
・自死団事件と判別された理由
・犯人（自死団員）
・自死団員が自死した状況
・検死を行った医師
・証拠
・その他

これらのなにかで片目は気がついた。いったいどれだろう？　最初の半年とその後で違うものも鍵になる。あたしは頭の中で何度も情報を精査し、並べ替え共通点を見つけ出そうとした。

すでに零時まで一時間だ。約束の刻限が迫っている。移動初日で間抜け呼ばわりされて追い出されるわけにはいかない。事務屋の名前にも花鳥風月の顔にも泥を塗りたくない。

それより少し前、蓬莱が最初の男を殺した頃、葛城と籐子が首魁の家の様子をうかがっていると、夜陰にまぎれて怪しげな男が邸内に入り、にわかに騒がしくなった。その後、さらにもうひとりがやってくる。ややあって数名が家を飛び出し同じ方向に駆け出す。葛城と籐子は顔を見合わせ、足音を忍ばせてその後をつける。

首魁の家から走り出した数名は、途中でさらに数名と合流し、ひたすら走り続ける。自死団員は犯罪集団のようなものだが、構成員は特に訓練された者ではない。これだけの距離を走り続けられるというのは、構成員の中でも特殊な任務を負った者なのだろうと籐子は考えた。

「ずいぶん長く走る」

葛城が感心したようにささやく。

「このままだと銀座に出ます。なにをするつもりなんでしょう?」

籐子はうなずく。

銀座に入ると多数の男達が集結しており、尾行の相手はそこの中に入って行った。籐子は一瞬、罠にはまったかと思い、物陰に隠れて様子をうかがう。だが、どうやらそうではないらしい。集団は籐子たちに背中を向け、時計塔の近くにいる誰かに迫っている。

月明かりとガス灯に照らし出された集団はまるで悪魔の集会に集った人外《じんがい》の輩のように見えた。黒い影が躍《おど》り、じわじわと時計塔の下にいる、長身の男に近づいてゆく。

「班長ですよ」

葛城がまず気づいた。確かに片目だ。敵の数はおよそ十数名。もっとどこかに潜んでいるかもしれない。下手に飛び込んでは危険だ。なぜ、蓬莱は一緒ではないのだ。蓬莱がいれば、囲まれる前に察知して逃げられただろうに。

「片目金之助とみた」

取り囲んだ集団が声をかけたが、片目は答えない。籐子は注意深く集団を観察する。見たところ、特段訓練を受けた様子のない戦闘の素人《しろうと》だが、押せば折れそうな体軀《たいく》の片目にはそれでも荷が重い。拳銃も携行しているはずだが、弾は六発しかない上、射撃も得意とは言いがたい。

「人違いだな」

とぼけて囲みを抜けようとしたが、すぐに行く手を阻まれた。顔に包帯を巻いた姿は目立ちすぎる。

「とぼけて逃げられるわけがないだろう。その包帯を巻いた姿は、どこにいたってすぐにわかる」

全くその通りだ、と篠子は思う。話している間にも、次々に新しい敵が到着し、どんどん集団が膨れてゆく。

「自死せよ。自死するなら、見逃してやろう。さもなくば、我ら自死団が貴様を地獄に送ってやる」

「異なことを言う。自死したら、死ぬではないか。それで見逃してやろうとは道理が通らぬ」

「自死すれば魂は浄化される。その最後の機会を与えようというのだ」

「あいにくだが、私の魂はすでに浄化されているよ」

取り込んでいる輪が狭まった。片目が腰の銃に右手をかける。篠子は葛城に目で合図した。もはや猶予はならない。同時に、呼子笛を取り出して吹く。薄闇をつんざいて呼子笛の音が響いた。

「班長！」

大声とともに、片目の包囲網を破って葛城が突っ込んだ。当たるを幸いと、自死団の団員を蹴り飛ばし、片目のそばに駆け寄る。

「葛城か。助かったよ」

片目はありがたくもなさそうに礼を言う。

「ご無事でなによりです。こいつら、自死団ですか？」

「そのようだな」

葛城の登場で一瞬ひるんだものの、片目を取り囲んだ集団は再び輪を狭めだした。

三番隊を呼ぶ呼子笛を吹きながら篠子は、ふたりに向かって走り袂から旋棍《トンファー》を取り出す。

自分に向き直った自死団の数人に視線を走らせると、かけ声とともに宙《ちゅう》に身を躍らせ、
手前の相手の側頭部を蹴り、その反動で後ろの敵に蹴りを見舞う。着地とともに、近くの敵の脚を刈り、旋棍でみぞおちを突く。あっという間に四人が地に伏していた。

「篠子の戦いぶりは、いつ見ても芸術だ」

片目がやたらと落ち着き払ってつぶやくと、葛城は近寄ってくる敵に拳《こぶし》を見舞いながら、

「どうせ、オレの戦い方は無粋ですよ」

とぼやく。

「いや、実用性に富んでいてよろしい。敵はまだまだ来るようだからがんばってくれ」

片目の言う通り、道の向こうからさらに足音が響いてくる。新手の敵がやってくる。目の端で集団を確認した篠子はぞっとした。二十人、いや三十人はいる。しかもさらにその後ろにも人影が見える。いったい、何人やってくるのか。

「総力をあげてこちらを叩くつもりとみた」

片目は肩をすくめてみせる。

「多勢に無勢。勝ち目がありません」

葛城が怒鳴る。

「いや、人形女給兵団四番隊がおれば盤石《ばんじゃく》だ」

だが片目は平然としている。

「凶悪な事件を起こしたわりには脆弱《ぜいじゃく》な輩ですね」

確かにひとりひとりの戦闘力は低い。籐子が旋棍を収めながらつぶやく。

「しょせんは希死念慮《きしねんりょ》にとらわれただけの一般人だ。武道の達人の諸君にはかなうべくもない」

「でも班長ひとりでは手にあまったでしょう？」

口の減らない片目にいらっとした籐子が当てこする。

「私は荒事《あらごと》には向いていない。だから君たちがいる。役割分担だ」

「礼のひとつくらい言っても罰は当たりませんよ」

「これは君らの公務だ。いちいち礼を言う筋合いではない」

ほんとに食えない男だと思う。

「お怪我はありませんか？」

その時、音もなく蓬莱と数人の三番隊隊員が現れた。蓬莱は片目に寄り添い、心配そうに、全身を確認する。

「蓬莱は片目さんを甘やかしすぎよ」

籐子はおもしろくない。蓬莱が班長を優先しても仕方がないが、上長たる自分をないがしろにするのは気に食わない。

「はい？」

蓬莱がきょとんとした顔をする。

「我らの仲睦まじいさまを嫉妬《しっと》しておるのさ」

「そんな……」

蓬莱が頬を染めたのを見たので、籐子はますますいらだつ。戦場で惚気《のろけ》るなど信じられない。

「人形屋！　四番隊を招集しろ」

片目は籐子に声をかけた。眼前の敵はすでに百名ほどに膨らんでいる。人形女給兵団を呼ばねばならない。そういえば、さっきも四番隊と言っていた。

「四番隊ですか？　なぜ……」

と言いかけて、口をつぐんだ。理由を訊いても理解できないだろうと察しがつく。人形女給兵団には一番隊から四番隊まであり、それぞれが百名近い隊員を抱えている。隊ごとに戦い方の特徴がある。四番隊を率いる『三節槍《さんせつそう》のお京《きょう》』は三節棍と槍《やり》を組み合わせた武器を使う達人だ。

籐子は、胸元から四番隊と書かれた呼子笛を取り出して思い切り吹く。甲高い呼子笛の音があたりに響きわたる。自死団員がざわめいた。すでに呼子笛がなにを意味しているかわかっているのだろう。援軍が来る前に片を付けようと思ったのか、距離を詰めてきた。

「葛城丈太郎、我が人生に一片の悔いなし！　正義と国体のために喜んで身を捧げる」

葛城が悲壮な面持ちで叫びながら前に出る。巨軀から覚悟が漂うと、その迫力に気圧されて先頭の自死団員たちがわずかに後ずさりした。

「ほお。おもしろい。自死団員でも畏《おそ》れを感じるのだな。当てがはずれた。またやり直しだ」

片目が他人事のようにつぶやく。「当てがはずれた。やり直し」とはどういう意味だろう？

「我らを相手に、それしきの人数でなんとかなると考えたとは浅はかなこと。人形女給兵団三番隊隊長『惑いの蓬萊』のおそろしさをあの世の土産《みやげ》にするがいい」

蓬萊がよく通る低い声でつぶやき、片目をかばうようにして前に出る。すかさず三番隊のふたりが、その脇を固める。

籐子は、その様子を横目で見ながら、断続的に笛を吹いた。吹きながら自分も前に出ようとしたが、葛城や蓬萊が名乗りをあげているのに自分だけ笛を吹きながらというのはいかにも間抜けだ。もしかしたら、これが最後の戦いになるかもしれないのだ。「人形女給兵団の団長らしいあっぱれな最期《さいご》だった」と語り継がれたい。

自死団員がじわじわと包囲を狭めてくる。葛城が上着を脱ぎ捨て、蓬莱は身体を低くする。

やがて自死団員のさらに後方から自転車の灯りらしき光が見えた。ひとつだった光はすぐに数十に増え、乗り手の姿も見えるようになった。待っていた四番隊だ。

籐子は笛をしまうと、安心して葛城の横に進み出た。

「人形女給兵団団長　人形屋の……」

そこまで声をあげた時、四番隊隊長の京香《きょうか》が自死団員の背後から攻撃を開始した。

「人形女給兵団四番隊参る！」

張りのある声に、自死団員は振り返り、籐子の名乗りは宙に消えた。

「四番隊隊長、『三節槍のお京』とは私のこと」

京香が先頭に立って、自死団員の囲みを崩す。悲鳴と怒号が交錯し、自死団員はてんでばらばらに動き出す。

「ええい。ひとりふたりを相手にしていては面倒だ」

京香は叫ぶと、三節槍を収め、分銅を取り出して回しだした。躍るように身体を前後左右に揺らしながら、その勢いを利用して分銅を次々と自死団の団員に当ててゆく。敵も立ち向かおうとするが、回転する分銅の隙を縫って飛び込むことができない。

分銅は回転させた後に直線的に相手に向かって投げつける。いったん投げた後、分銅を戻して再び回転させるまで時間がかかるものだが、京香の分銅は敵にぶつかると、そのまま弧《こ》を描いて戻り、すぐに回転を始める。

その様子を見ていた他の四番隊の隊員たちも一斉に分銅を使い出した。形勢は一気にゲヒルンに傾いた。

「これだけ人数がいても烏合《うごう》の衆《しゅう》では時間の問題だ」

片目がつぶやく。旋棍を振り回す籐子は、それを聞いていい気なものだと思うが、片目が上長である以上どうしようもない。

自死団はしょせん武闘派の集団ではない。これまでは事前に襲撃計画を練っていたからこそ成功してきたわけで、個々人の戦闘能力は高くない。真っ正面から戦えば葛城や人形女給兵団の敵ではない。しかも指揮する人間もいないため、四番隊に囲みを崩されると全く統率がとれなくなり、同士討ちまでする始末となった。

「人形屋！」

片目の声を耳にして、籐子はあわてて戻る。自死団に襲われたのかと思ったのだ。しかし、片目は涼しい顔で立っていた。

「……なんでしょう？」

「ここは葛城と四番隊にまかせておけばよろしい。彼らはこういう場面でしか役に立たない」

ひどい言いようだが、片目の言うことに間違いはない。葛城は頭脳労働には向いていないが、肉体で敵と対峙した時には、誰よりも頼りになる。

「では、あたしたちはなにをするんです？　まさか見物してるわけではないでしょう」

「首魁を仕留めに行く。君らは首魁の家から来たのだろう？」

「あっ」

篠子はそこで初めて気がついた。あの家から飛び出した者がここに合流したということは、あの家に残った者が首魁もしくはそれなりの自死団の幹部という証拠になる。片目はそれを確認したかったのだ。

「今頃わかったのか。情けない。さあ、首魁の家に急ぐぞ。眼鏡屋がひとりで見張っているはずだ」

片目はそう言うと、すたすたと停車したままのT型フォードに向かう。もしかしてタクシーに乗れるのかと思った篠子は喜んで後に従う。

「君じゃない。あいつだ」

だが、片目は振り向くと篠子に首を振り、その後ろを指さす。

「すまないね。お嬢さん」

いつの間にか来ていた氏家だった。ハンチング帽をひょいととって軽く頭を下げる。かわいらしい仕草だが、今はひどく憎たらしく見える。

「急ぐぞ。氏家」

片目の声に車のエンジン音が響き、氏家はフォードに飛び乗った。

「団長、私たちも急ぎましょう」

あっけにとられている籐子の横に、自転車にまたがった蓬萊が来ていた。

「ここは葛城さんと四番隊にまかせるとおっしゃいましたから、三番隊は団長に同行します」

蓬萊の言葉に籐子はうなずいた。

「よろしければ、どうぞ」

蓬萊は籐子に後部座席に乗るよう勧める。一瞬、ためらったのち後部座席にたち乗りし、蓬萊の肩に手をのせた。


あたしはその頃、まだ片目の残した謎に取り組んでいた。しかしいくら考えても謎は解けない。ふと閃《ひらめ》いて得意な判じ物の一種に置き換えてみることにした。状況を言葉にして、つじつまの合う説明を考えるのだ。
・最初の事件が起きてから半年間は、裕福な名家で被害者が二十代から三十代という共通点があった。

・半年後、共通の特徴はなくなった。
・他者を殺害（強制自死）した直後の自死団員の自害は最初からではなく、最初の事件から七カ月経った頃からじょじょに増えてきた。
・自死団の連絡網は緻密にできており、首魁から直接指示を受ける者は数名に留められ、逮捕した者から先をたどるのは困難であった。なぜなら逮捕された者と直接関係があった者はすぐに自死してしまうので、それ以上先をたどれない。

そこで発生場所に変化はなかったか気になって確認すると、やはり最初の半年が過ぎてから事件の発生地点が東京の中心からどんどん郊外に広がっている。半年という区切りにはなにか意味があるのかもしれない。目を閉じてその頃の出来事を思い浮かべてみる。しかし、これといったものは思い浮かばない。

特高に戻ってさらに資料を調べようかと思ったが、片目は今ここにある資料だけで判断したのだ。自分にもわかるはずだと思い直す。その時、片目が言った「好奇心は猫を殺すが、世間体は真実を殺す」という言葉を思い出した。意味不明だが、妙に気になる。

片目の言葉は意味不明というのが大半の意見だが、花鳥風月によれば間を飛ばしているだけで重要な意味があるのだという。ならば、「好奇心は猫を殺すが、世間体は真実を殺す」は一見なんの意味もない戯《ざ》れ言《ごと》のように聞こえるが大事な意味があるのかもしれない。

あたしはそこではっと気がついた。これに違いない。頭の中で浮かんできた仮説に合わせて情報を整理し直す。すると、ひとりの人物が浮かんできた。そこからその人物の居所を記憶から引っ張り出す。

目指す相手は浅草だ。あたしが浅草の地図を取りに自分の部屋に入ると、あにはからんや、壁にでかでかと貼ってあるではないか。そこに至って気がついた。班長は最初から全て仕組んでいた。

班員全員の前で地図に印をつけさせたのも、首魁を推理させたのも全てこの眼鏡屋の力量を試すためだったのだ。片目は花鳥風月がやってくるより前に真相にたどりついていた。そうでなければこんなに都合よく浅草の地図が貼ってあるわけがない。

それだけではない。あたしを雑司ヶ谷の事件に向かわせたのも、帰り道を指定したのも全て計算の上のことだ。最初から最後まで掌《てのひら》で転がされていた。誰にも負けない記憶力と計算力を持つ事務屋知解子がここまで虚仮《こけ》にされたのは生まれて初めてだ。花鳥風月が見込んだ男だけのことはあるが、人として尊敬できないし、信用できない。

とんだ茶番だ、と思いながらも首魁の居宅周辺の地図を頭に刻みつける。洋装にしたのは幸いだった。運動は苦手だが、走るのは得意だ。これなら余裕で零時に間に合う。

蓬萊は細身の身体に似合わず力がある。長身の籐子を乗せて疾風のように夜の東京を走り抜ける。その後ろには三番隊が続く。篠子が見張っていた感じでは自死団の首魁の家にはそれほど人数がいない。暗殺を得意とする三番隊と一緒なのはちょうどよい。

そこまで考えて篠子は舌打ちしそうになった。なにがちょうどよい、だ。全て片目の計算に相違ない。多人数との戦いに向いた四番隊を呼び、首魁の家には暗殺に向いた三番隊を向かわせる。人形女給兵団は篠子の配下だが、操兵《そうへい》は片目の方がはるかにうまいから、いざという時にいいように使われてしまう。それが悔しい。

蓬莱と篠子は浅草寺《せんそうじ》に近づいた。月明かりに照らされ、人の気配のない仲見世《なかみせ》を走り抜ける。車輪の音がまるで風か波のように幾重《いくえ》にも反射して響く。後ろを振り向くとたくさんの三番隊がついてきていた。深夜の浅草寺、月下の自転車女給……なんとも不思議な光景だと我がことながら篠子は思う。

やがて一行は浅草寺を抜け、その先にある屋敷の前に着いた。うすぼんやりした門灯の前には片目と氏家が立っている。蓬莱、篠子、そして三番隊は少し手前で自転車を降り、音を立てぬように近づく。

「なんでそんな目立つところに突っ立っているんです。危険ですよ」

篠子がとがめるように言うと片目は肩をすくめた。

「君らが着く頃だと思ってわかりやすい場所にいたのだ」

片目は気にする様子もない。

「では、三番隊は眼鏡屋の指示に従え。氏家と人形屋は一緒に来い」

「眼鏡屋さんも来ているんですか？　じゃあ謎を解いたんですね」

片目は答えず、ちらりと右の方向に目をやる。少し離れた屋敷の板塀の傍らに洋装の女子の姿が見えた。

籐子は蓬萊に目配せする。蓬萊は無言で周囲に控えている三番隊とともに眼鏡屋の方に移動する。

「よろしくお願いします」

小さな声で眼鏡屋が言うのが聞こえた。

片目は驚くほど不用心に門扉を押した。腐りかけた木の扉が低い音を立てて開く。なにか罠があるかもしれないと籐子はとっさに身構えるが、氏家はにやにやとそれを見ている。

「お嬢さん、心配にはおよばないよ。この屋敷の状況はすでに眼鏡屋が調査済みだ。オレのカンでは、邸内に数名いる以外に特段危険なものはないそうだ」

氏家はそう言うと、すでに邸内に足を踏み入れた片目に続く。だが、籐子は素直に信じられない。氏家のカンや頭の切れは信用しているが、仲間に対しても平気でウソをつく男だ。姿勢を低くし臨戦態勢で周囲の様子をうかがいながら氏家の後に続いた。

庭は手入れされていない植木と雑草が生い茂り、見通しが悪いうえ、月明かりだけではよく見えない。危険だな、と籐子は身構える。自分ひとりならどんな状況でもなんとかする自信はあるが、片目と氏家が一緒ではそうはいかない。頭は切れても戦闘能力は常人よりも低い。

「ご注意なさって……」

籐子が前のふたりに注意をうながそうとした矢先、片目が大きな声を出した。

「公務のため失礼する」

ぎょっとした。堂々と名乗ってどうするつもりなのだ？　そんなことをしたら逃げてしまうのではないか、あるいは反撃に出るかもしれないと籐子ははらはらする。幸いになんの応答もなかった。

「行くぞ」

片目はそう言うと、雑草を払いながらすたすたと進む。草むらに敵が潜んでいる可能性などないと信じ切っている。

「片目さん！　危険です」

たまらず籐子が駆け寄って袖を引く。

「かまわん。罠だったら君が身を挺《てい》して助けてくれるのだろう？」

「この期におよんで、そんな無茶言うんですか！」

「国体の護持のために身を捧げることは臣民の歓びだろう」

片目は聞く耳を持たない。ずかずかと雑草の生い茂る庭を突っ切り、平屋の屋敷に近づく。

「相手は逃げたりしないんですか？」

「天下の狂人、自死団の首魁が敵前逃亡したとあっては末代までの笑いもの。自死団員にも示しがつかない」

片目はそのまま鍵のかかっていない玄関を開け、土足のまま邸内に踏み込む。

「まったく旦那はいつもながら無茶をする」

氏家は笑い、籐子は渋々その後に続く。一歩踏み込むと、壁一面に怪しげな張り紙がしてあり、異空間に迷い込んだかのような錯覚に陥る。

――自死こそ完全に至る道

――地獄などない。この世が地獄なのだ。自死により解脱し、転生と天界への道に進もう

奇妙な文言が壁一面に貼ってある。片目も気になると見えて、足を止めた。

「内容は支離滅裂ですが、妙に達筆ですね」

籐子は感心した。

「まあ、千人とも二千人とも言われる自死団を束ねているのだから、それなりに学識と魅力を兼ね備えた人物だろう。それを有効に使えない。狂うというのは哀れだな」

片目の台詞《せりふ》を耳にした籐子は、その言葉をそっくりそのまま片目本人に返してやりたく

なる。

「自死を希求する団体の首魁が生きているというのは皮肉だな」

氏家がつぶやく。

「快楽は人を狂わす。高邁な思想など付け合わせにすぎん」

片目が確信に満ちた声で断言した。

「旦那は自死団の団長は死に囲まれて生きているうちに、そのなまめかしい魅力に取り憑かれてしまったとおっしゃっている」

氏家がにやにやしながら解説した。籐子はげんなりする。

「猟奇趣味にはつきあえません。犯人も同類とおっしゃるんですか？」

「そうでなければ理屈が通らん。あるいは大義なのか」

片目はわけのわからない返事をした。籐子がさらに質問しようとした時、かすかな気配があった。

「どうした？」

「どこかで争い……いえ、もう終わりました。きれいに気配が消えている」

複数の人間がどこかで争っている気配があった。数名が入り乱れていたが、明確に殺気と怖じ気を感じたのはふたり。それがすぐに消えた。

「蓬萊が邸内に入って自死団二名と対峙したのでしょう」

「武道の達人というのは千里眼のようなものだな。離れたところで起きたことがわかるんだ」

「気配を感じました。確かにあった殺気と恐怖が霧散したので、おそらくそういうことだと思います」

「蓬萊がやられた可能性はないのかね？」

「人形女給兵団の腕利きなら殺気を隠せます。まして蓬萊は三番隊の隊長です。死を前にしても心が乱れることはないでしょう」

「へえ、みんな若いのに覚悟ができているんだ。オレのような煩悩の塊にはわからんね」

氏家は緊張感のない様子で前に進む。あまりの不用心さに籐子の心臓が縮み上がる。声をかけようとして、また殺気が立ち上り、消えるのを感じた。

「またひとり倒されました」

「急ごう」

片目も歩き出す。籐子はあわてて止めようとする。

「心配にはおよばない。眼鏡屋のお嬢さんによれば邸内にいるのは四人だ。三人死んだとなれば、残るひとりは首魁。自死されてはここまで来たかいがない。旦那はそう言いたいんだろう」

氏家が解説した。

「よくそこまでわかりますね」

「つきあい長いからな」

「……でもゲヒルンは発足して一年足らず。つきあいは私と変わらないはずですが」

「おっと、よけいなことを言っちまったな。忘れてくれ」

氏家はすたすたと歩き出し、籐子も後に続いた。


「開けるぞ」

片目は次の間に続く襖《ふすま》の前だ。

「班長。離れてください。危険です」

「自死団の団長たるもの、逃げも隠れもしない。ましてや襖越しに攻撃してくることはない」

「その通りだ。お嬢さん、一番困るのは先に死なれることさ」

氏家が片目の隣に立つ。籐子は仕方なく、襖を開けた時に死角になる位置で構える。両手を両脇にたらし、左前ななめに立つ。ぱっと見ただけでは武道の構えには見えないし、そこから流派を憶測することもできない。

「公務だ」

片目は叫んで襖を開いた。

部屋には白装束を着た銀髪の男が立っていた。邸内への侵入はすでに知っていたのだろう。死を覚悟して待ち構えていたに違いない。

「公務？　公《おおやけ》にできないものを公務とは笑わせる」

男が吠えた。

「神妙にお縄につきなさい」

籐子が凜とした声で言い放ったが、この尋常ならざる状況では明らかに場違いだった。

片目と相手の男は顔を見合わせて苦笑した。緊迫した雰囲気が少し和《なご》む。

「人形屋は、意図《いと》せずおもしろいことを言う。なかなかの冗談だ」

氏家はおもしろそうに笑い出す。籐子の頬に朱《しゅ》がさした。

「なにかおかしなことを言いました？　だって悪党は捕縛ですよね」

籐子が真面目に問い返すと、今度は白装束の男がくすくすと笑った。

「おもしろい動物を飼っているな」

「ど、動物？　言うに事欠いて人形屋の籐子を畜生《ちくしょう》呼ばわりとは許せぬ」

籐子が右手を一振りすると、そこには銀色の鉄扇《てっせん》が握られていた。

「おなごが持つ扇《おうぎ》にしては物騒だ」

「戯れ言はそのへんまででよいだろう」

片目が籐子の鉄扇を押さえた。

「自死団の首魁とお見受けします」

片目が男に向き直る。籐子は片目をかばうように前に出る。

「隠し立てはせぬ。連絡の中枢という意味でなら、左様その通りだ」

落ち着いた声で男が答えた。

「潔《いさぎよ》いことです」

「諸君らが悪名高い特殊脳犯罪対策班だな」

「ご存じとは恐悦至極です。では、用件もおわかりでしょう」

「特高のはみ出し者どもの手にかかるとは片腹痛い。傀儡《かいらい》に飼われた野良犬ども」

挑発的な言葉だが、その場の誰も反応しない。男は懐から短刀を出した。自死するつもりだ。

その時、籐子は男の後ろの襖の向こうに気配を感じた。

――眼鏡屋が向こうの部屋にいます。

声にならないささやきで伝えると、

「蓬萊！　こやつの自死を止めろ」

片目が叫んだ。

「眼鏡屋さん、ご指示を」

蓬萊が軽く頭を下げて目をこちらに向ける。病的に美しい顔で上目遣いに見られると、ぞくっとして身体の芯に電気が走る。落ち着けと自分に言い聞かせるが、緊張しないはずがない。あたしは特高では下っ端だったから、こんな大勢を相手に指示を出すことはなかった。眼鏡のつるをつまんで位置を直す。

あたしの目の前には三番隊隊員数十人が控えて、全員が真剣な眼差しを向けている。

「何人いますか？」

「およそ三十名。このあとじゃっかん増えると思います。また、銀座の騒動が片付けば四番隊も合流するでしょう」

あたしは頭の中で計算する。四番隊が来る前に、ここの捕り物は終わっているはずだ。今いる三十名で考えよう。

「上に立つ者らしい物言いをお願いします。隊員に示しがつきません」

蓬萊が少し顔を近づけてささやいた。そうだ。ここでは、あたしが一番上位の人間なのだ。なめられてはいけない。声に力を込める。

「全体を四班に分ける。蓬萊とふたりはあたしとともに裏口から邸内に向かう。十人の班をふたつ作り、表と裏の入り口を固める。残りの者は板塀に沿って巡回せよ。何人《なんぴと》たりとも邸内から出すな、入れるな」

あたしがそう言うと蓬萊は、「かしこまりました」とうなずき、てきぱきと四班に分け、すぐに持ち場に向かわせた。慣れたものだ。自分の未熟さが恥ずかしくなる。

「我々はこちらの裏口から侵入する」

あたしはできる限りの威厳を持ってそう言ったが、蓬莱が袖で口元を隠したのを見て失敗したとわかった。

「私が先に参りましょう」

蓬莱はそう言うと、板塀の間にある潜り戸に手を掛ける。同時に残りのふたりは板塀に貼り付き、すぐに飛び込める体勢で中を確認する。

ふたりが無言でうなずくと、蓬莱は音もなく潜り戸を押し、低い姿勢で邸内に入る。あたしもその後に続いた。中は雑木林のようでよく見えない。

「公務のため失礼する」

離れた所から片目の声がした。わざわざ大声で知らせるとは尋常ではない。

「来ます」

蓬莱が身体をかがめ、木立に隠れた。他のふたりの姿もない。あわてて隠れようとすると、突然目の前に着流しの若い男が現れた。

「うおっ」

あたしと男が同時に叫ぶ。とっさに後ずさりしたものの、相手が帯刀していればまだ間合いだ。銃を抜こうとしたが、相手の居合いの方が早かった。抜いた瞬間は見えなかったが、刃が月を映したのは妙にはっきりわかった。頭の半分は混乱していたが、残りの半分は冷静にこの状態で切られたら死ぬだろうと考えていた。

だが、相手はあたしに刃を下ろすことなく、その場に倒れた。

「不調法つかまつりました」

男の倒れた向こうに蓬萊が佇んでいた。無表情で地面に伏した男の首元に錐刀を刺す。横顔にぞっとするような笑みが浮かび、あたしは蓬萊を少しだけ身近に感じた。

「やはり荒事はお得意ではないようですね」

蓬萊は錐刀を男の首に残したまま立ち上がった。

「もうひとり来る。やれ」

あたしがなにか答えようとしていると、蓬萊は姿を隠しているふたりに冷たく指示した。かすかに木々が揺れ、少し離れた場所でなにかが倒れる音がした。三番隊のふたりが仕留めたに違いない。

「礼を言います」

あたしの言葉に蓬萊はうなずいたが、その目はたった今自分が殺した男に向けられている。生臭い血の香りに蓬萊が酔っているように見える。頬に赤みが差し、そのまま死んだ男にむしゃぶりつきそうな目をしている。

「先を急ぎます」

あたしは蓬莱をうながした。

少し歩くとすぐに雑木林を抜けた。開けた先にあったのは母屋《おもや》だ。裏庭から母屋に続く小道が月明かりに照らされている。夜とはいえ、木陰を出れば丸見えになる。

「邸内にはふたりしか残っていないはず。さきほどの男たちは助けを求めに出たものと思われます」

あたしが説明すると、蓬莱はうなずいた。

「ふたりなら他愛もないこと。このまま侵入します。眼鏡屋さんはここでお待ちになってください。安全を確認してからお呼びします」

あたしにそう言うと、蓬莱はふたりを引き連れて動き出した。ほのかな月明かりの下を三人の女装した美少年が音もなく疾走するさまは、この世のものとは思えなかった。蓬莱が華美なのはわかっていたが、他のふたりも透けるような白い肌にすらりと整った肢体、澄んではいるが淫靡さを宿《やど》した瞳をしている。

止めなくては、と思ったものの見とれて反応が遅れた。あたしが口を開いた時にはすでに三人は縁側に足をかけていた。縁側の向こうの障子は仄暗い。

三番隊のふたりは地を這《は》うような低い姿勢で二手に分かれて障子の両端に控える。

蓬莱はすっくと立ち上がり、背筋を伸ばして正面から障子に向かって行った。あたしは無茶なことはやめろと叫びそうになった。

三番隊のふたりが障子を引くと、その向こうに汚い洋装の男が立っていた。ざんばらの髪に顔中はひげに覆われている。突然の闖入者《ちんにゅうしゃ》にもかかわらず動じる気配はない。

「人形女給兵団三番隊隊長蓬萊霞。公務によりまかりこした」

名乗りをあげて両手を広げると、月光に錐刀が輝き、蓬萊の影が男の影に重なる。ここまで堂々と姿をさらすとはよほどの自信だ。陶然となるほどの耽美さに息を呑む。

「たいした度胸だな」

男はうなり、腰に手を回し大刀《だいとう》を抜く。

「愚かな」

蓬萊は小さくつぶやくと、ためらいなく男に向かってゆく。男が刀を振り上げる間に蓬萊の身体はすでに消えていた。あたしも一瞬、姿を見失った。大刀が空を切った時、蓬萊はすでに男の後ろに立っていた。男の身体が前に崩れ、それを待っていたかのように、三番隊のふたりが両脇から男の身体を受け止め、静かに下ろす。

一連の動きは流れ作業、いや踊りの舞台を見ているようだった。蓬萊たちは大正という猟奇の時代に「死」という舞を踊る自分たちに酔っている。三番隊は暗殺隊とも言われる。闇に乗じて帝都を乱す者どもを地獄に送り返す。美しく舞うためには我が身の危険も顧《かえり》みない。だからさきほども月を背にして敵の目の前に立ったのだ。

「残りはひとり。つまりはそれが首魁。そういうことですね」

蓬萊があたしを見た。答えようとしたが、口の中がからからで声にならない。蓬萊の狂気に当てられた。仕方なく、無言でうなずく。

「では、まいりましょう」

蓬萊がしなを作って手招きした。目眩がするほど、艶やかだった。脳の芯が痺れたようになる。あたしは蓬萊に恋をした？　そんなバカな！　これは蓬萊の惑いの技だ。あたしにそんな技を使ってどうするつもりだ。

「いたずらしている場合じゃない」

首を振り一歩踏み出すと、惑いは消えた。あたしには蓬萊の術は効かなかった。おそらく記憶能力や予知能力のおかげで、認知の仕方が常人と違うせいだろう。味方にまで術をかけようとするなんて油断も隙もあったもんじゃない。

「恐れ入りました。片目さまが見込んだだけのことはあります」

蓬萊は素直に頭を下げた。あたしは黙ってうなずく。ここは敵地なのだ。いちいち争っている場合ではない。それにしても、一度ならず二度までもあたしにケンカを売ってくるとは、どこまで嫌われているのだろう。

あたしは注意深く周囲を確認しながら屋内に入る。

「ご気分を害したならお詫びします」

先に立って歩きながら蓬莱がささやく。肯定するのも否定するのも難しい。とりあえず邪険にする理由を知りたい。

「花鳥さまが推薦し、片目さまがぜひにとおっしゃられたというので、そこまでの方なのかとつい試してみたくなり軽率な真似をしました。ご容赦《ようしゃ》ください。申し訳ございません」

片目がぜひほしいと言った？　それは知らなかった。しかしそれがあたしを試す理由になるのか？

「気にしないでいいです。でも二度と試すようなことは慎んでいただきたい」

目くじら立てて怒るのも大人げないので、釈然としないまま静かに答えた。

部屋を見回し、方角を確認し、それから無言で右手の襖を指さす。頭にたたきこんだ見取り図が正しければ、こちらになにかがある。蓬莱と三番隊のふたりは滑るように襖に近づき、中の様子を探る。

その時、聞き覚えのある声が響いた。

「公務だ」

片目の声だ。相手が残りひとりというのは、あたしが確認済みとはいえ、敵陣の中でここまで堂々と大声を出してよいものだろうか。

「公務？　公にできないものを公務とは笑わせる」

こちらの声も聞き覚えがある。特徴のある太い声だ。

「神妙にお縄につきなさい」

続いて簾子の声がしたので、中の様子をうかがおうとあたしは襖に近づいた。その瞬間、蓬莱が振り向き、首を横に振る。危ないから動くなという意味だろう。音もたてず気配も殺していたはずなのに、なぜあたしが動いたのがわかったのだ？　と思う間もなく、

「蓬莱！　こやつの自死を止めろ」

片目の声が響いた。片目にもあたしの気配がわかったのだろう。一緒に蓬莱が控えているのを見越しての指示だ。蓬莱は一瞬のためらいもなく、襖を開くと川の水のような流れる所作で隣の部屋に入る。中をのぞき込んだあたしは、白装束の男と目が合った。

「こっちだ」

蓬莱の声に男が目を向け、同時に動きが止まった。「惑いの蓬莱」の名は伊達《だて》ではない。一瞬で相手の動きを止めた。

音もなく三番隊のふたりが部屋に入ったので、あたしも続いた。片目、簾子、氏家がそろっている。そして全員が注視している先に、白装束のやせた男。

「眼鏡屋、こやつが自死団の団長に間違いないな」

「左様です」

片目の声にあたしは白装束の顔を確認してうなずいた。

「こやつが犯人である根拠は？」

「医師であるこの男は名家の子息が自死した際、恥にならぬような細工を依頼されたのでしょう。家の名前に泥を塗るようなことは避けたいと懇願《こんがん》されたに違いありません。しかし首を吊っているのを使用人に発見されてしまっていては自死は明らか。そこで考え出したのが、他人に自死を強要する〝自死団〟という狂信組織。何度か〝自死団〟の事件をねつ造するうちに自然発生的に自死団に参加したい者が増え、組織ができあがった。もしかするとかねてからそういう組織を作ろうとしていたのかもしれません。いずれにしてもこやつは本当の自殺を自死団の仕業と喧伝し、自死団が多数の団員を得てからは本当に自死団による強制自死事件を引き起こしたのです。最初の半年間の被害者が名家に多く、後になるほど共通の特徴が失せていったことと、最初の半年の間の自死団事件の検死を行っていたのが戸田典膳のみであったことがなによりの証拠」

あたしはそう言うと蓬莱の技で立ちすくんでいる典膳の顔をぴたりと指さした。

「戸田典膳！　貴様が全ての黒幕だ」

あたしが言い放つと、氏家が拍手した。

「ただの自死を自死団事件に仕立てていたとはね。悪知恵の働く野郎だ。眼鏡屋のお嬢さんの推理はお見事」

氏家がくすくす笑う。

「最初からよからぬ思想を持っていたに相違ない。容赦は不要。国体はまごうことなくひとつだが、大義はひとつとは限らない。大義が惑えば時代は狂う」

片目が篠子に顔を向ける。

「首を刎《は》ねてさらせ。自死団の団長が他人の手にかかって死んだことを天下に知らしめろ。それが組織の壊滅には一番効果がある」

だが、篠子が動く気配はない。

「差し出がましいようですが、全容の解明のために捕縛し、情報を得た後に法廷で罪を問うべきと思います」

篠子が片目の包帯に巻かれた顔をにらむ。空気が張り詰める。首を刎ねろという片目も無茶だが、この場で班長に逆らう篠子も尋常ではない。現場では上長の命令は絶対だ。少なくとも特高ではそうだった。

「口論している状況ではない。特殊脳犯罪対策班の責任者である私の判断だ。従え。〝はずれ〟の雑魚《ざこ》に時間を割くほどヒマではない」

「しかし」

篠子がさらになにか言おうとした時、それまで黙って見ていた蓬莱が動いた。あたしには身体を揺らしたようにしか見えなかったが、次の瞬間には首筋に錐刀を突き立てられた典膳が倒れていた。

「惑いの技は長くは持ちませんので、差し出がましいとは思いましたが……」

蓬萊が片目と籐子の前で膝をつく。

「人形屋、恥を知れ。後はまかせた」

片目の言葉に籐子は、「かしこまりました」とかろうじて頭を下げた。片目は不興そうに、その場を去った。勢いよく障子を開け、縁側から庭に下りる。

「旦那！　オレも車に乗せてってくださいよ」

と氏家がその後を追った。

「礼は言わぬ」

籐子が見たことのない硬い表情で蓬萊をにらんだ。よほどさきほどの蓬萊の行動が腹に据《す》えかねたのだろう。しかし、蓬萊も黙っていなかった。顔をあげ、籐子をにらみ返す。

「差し出がましいことを申し上げますが、片目さまは危険を顧みず、ご自身でここまで先導していらしたのです。その覚悟に応えるべく、三番隊は自死団員とその係累、百名以上を葬りました。団長にも同等のお覚悟を伏してお願い申し上げます」

丁寧《ていねい》だがひどくトゲのある言い方だ。蓬萊と籐子の視線が空中で交差し、籐子の頬に朱が差す。瞬間、熱風が吹いたようにその場の空気が燃えた。

「控えろ。蓬萊！」

蓬萊が後ろに飛び退くと、髪の毛が一房《ひとふさ》はらりと床に落ちた。あたしは呆然とした。なにも見えなかった。人間に可能な速度ではない。仕事柄、多くの達人を目にする機会があったが、これほどの技を見たのは初めてだ。

「失礼しました」

蓬萊が青ざめて平伏した。後ろに控えていた三番隊のふたりも同様に畳《たたみ》に頭をつける。おそらく蓬萊も髪の毛が床に落ちるまで切られたことに気づかなかったろう。可憐《かれん》な女生徒の姿をしてはいても人形屋籐子の技は帝都有数だ。それにしてもいったいなにをどうしたのかわからない。さきほど見せた鉄扇ではあのようにきれいに切れないだろう。刀を抜いて鞘《さや》に収める時間があったとも思えない。

「わかっている。わかっています。後は頼んだ」

籐子は自分自身に言い聞かせるようにそう言うと、蓬萊に背を向けた。

「おまかせください。天誅と書いた紙を典膳に咥《くわ》えさせ、門に首をさらします。自死団員に盗まれないよう、数日間はひそかに三番隊で見張ります」

蓬萊が震える声に力を込めて答えた。

籐子は返事もせずにその場を立ち去った。あたしはどうすべきか迷ったが、籐子の後についていった。特殊脳犯罪対策班はいったいどういう組織なのだろう。みんなバラバラだ。籐子が束ねているはずの人形女給兵団の蓬萊ですら、籐子とうまくいっていないように見える。こんなところで本当にあたしはやっていけるのだろうか？　片目も蓬萊も三番隊も狂っているように思えてならない。しかし妙に惹かれるものも感じるあたしは、どうかしているのだろうか？

籐子とあたしは庭に飛び降り、雑木林を突っ切った。入り口の手前で葛城が待っていた。

「首尾は？」

葛城の問いに籐子は立ち止まり、

「私が負けたことがありますか？」

と硬く答える。籐子らしくない素っ気ない言葉だ。あたしは少し驚いた。予想外の答えに葛城も戸惑い、後ろにいたあたしを見る。

「自死団の首魁を討ち取りました。蓬萊と三番隊はここに残って、首を門にさらす手はずになっています」

仕方なくあたしはことの次第を報告した。

「そうか、よかった。四番隊も門の外に控えている」

葛城はほっとした表情で微笑んだ。特殊脳犯罪対策班で数少ないまともな神経の持ち主だ。この人の笑顔を見ると安心できる。

「葛城さんの脳天気さがうらやましい」

籐子がつぶやき、葛城は首をひねる。

「深く考えるな。帝都の闇は深すぎる。のぞき込めば込むほど、つらくなる」

葛城は察するものがあったのか、そう答え、篠子は無言で門を抜けた。そこには四番隊の面々が整列して待っていた。銀座での死闘からすぐに駆けつけたせいで全員が血にまみれている。深夜の月明かりの下で血を浴びた無数の女学生が並ぶ姿は、この世のものとは思えない異様な艶やかさだった。

篠子は正面にいた京香の前で立ち止まり、背筋を伸ばして仁王立ちする。

「自死団の首魁は仕留めた。後始末は三番隊にまかせた。安心して解散せよ」

京香以下、四番隊の隊員が事件解決の知らせに列をくずして沸き立った。篠子は浮かない顔で、自転車にまたがるとそのままこぎ出した。

「事務屋さまとお見受けいたしました。ご挨拶が遅れました。人形女給兵団四番隊を預かっている京香にございます。以後、よろしくお願いいたします」

銀座で大立ち回りを見せた『三節槍のお京』が、あたしの前に立ち、深々と頭を下げた。大きい。身長は篠子と変わらないが、筋肉質でがっちりしており、迫力がある。長い髪を後ろで束ねているのが凜々しい。

「こちらこそ、よろしくお願いします」

あたしも頭を下げる。

「眼鏡屋！」

横から自転車に乗った葛城が近づいてきた。「では失礼します」と京香は去った。

「はい」

あたしが返事すると葛城は後部座席を指さす。

「乗せていってやろう」

男性とふたり乗り……一瞬躊躇したが、そういうことじゃないと思い直し、素直に好意に甘えることにした。図々しいが、もう少しこのふたりの様子を見ていたい。

「ありがとうございます。お言葉に甘えます」

そう言って後ろの座席に腰掛け、おそるおそる葛城の腰をつかむ。

「しっかりつかまってろよ」

葛城は勢いよくこぎ出し、すぐに篠子に追いついた。篠子は横目でちらりとこちらを見た。「ひとりになりたかったのに」という心の声が聞こえた。

湿気を含んだ夜の空気が心地よい。ガス灯に照らされた煉瓦敷きの歩道を二台の自転車が並んで走る。

「葛城さんみたいに単純な朴念仁《ぼくねんじん》になりたい」

篠子が唐突につぶやいた。

「おいおい、宮仕《みやづか》えも楽じゃないぞ」

葛城は苦笑した。特殊脳犯罪対策班のうち、葛城とあたしは特高からの出向だ。片目は完全に移籍だし、篠子と氏家は特殊脳犯罪対策班で採用された。人形女給兵団は特殊脳犯罪対策班が涅槃喫茶に支払っている協力費という費用の中で処理されている。小さい組織のわりには複雑だ。

ガス灯がなくなった。月明かりを頼りに、でこぼこした道を走る。がたがたする振動が歯の根から脳に響く。頭が悪くなりそう。

「時に……人形女給兵団の各隊長と、人形屋は手合わせしたことがあるのか？」

葛城が探るような口調で篠子に質問した。察しの悪いあたしでも、その意図はわかった。

「人形女給兵団の中で誰が一番強いか知りたいんですか？」

普通に考えれば人形女給兵団の四人の隊長を束ねている篠子が一番強くて当然だが、四人の隊長はそれぞれ違うタイプの強さを持った強者だ。全員に勝つというのは尋常な腕前ではない。資料によれば人形屋篠子が最強ということになっているが、それを裏付ける事実の記載はなかった。

「まあ、直截《ちょくせつ》に言えばそういうことだ」

「一番強いのは、あたしです。各隊長の採用の時に、立ち合っています。『礼儀は強者に尽くすもの』というのが先代の教えですから、それに則《のっと》って全員を破り、礼を尽くしてもらっています」

篠子は即答した。全員と立ち合ったと聞いて、あたしは少し驚いた。

「蓬莱にも勝ったのか？　あの技は負けないにしても勝つのは難しそうだが」

葛城が驚いて出した大声が空虚に薄闇に溶ける。

「あたしにはさして通じません。あたしだけでなく、ある程度修行を積んだ者なら、回避できると思います」

蓬莱の技は便利だが、万能というわけではなさそうだ。

籐子と葛城が立ち合うことになったら、いったいどちらが勝つのだろうとふと思う。資料にはその答えはなかった。人形屋籐子の腕前は帝都有数、葛城丈太郎は警察最強。比べようがない。このふたりほどの達人になると、わずかな風や気持ちの変化が勝敗を分けそうだ。

どこかで鳥の音が聞こえた。こんな時間に奇っ怪だ。帝都では生きとし生けるものが狂う。鳴くべき時を誤ったのだろう。

翌朝、花鳥風月の求めで再びゲヒルンが一堂に会した。全員ほぼ徹夜のはずだが、平気な顔をしている。特に蓬莱は戸田典膳の首を飾ったりしたため一睡もしていないはずなのに全く疲労の影がない。洋装の黒いドレスで紅茶をふるまっている。あれほどの毒のある中身を見事に隠している。音もたてずにカップを置く様子を見るとうるわしく上品な少女にしか見えない。

最後にやってきた花鳥は腰掛けず、ゲヒルンのメンバーをぐるりと見回した。

「医師の戸田典膳が怪死。口には天誅という紙切れ。自死団の団長か⁉」

花鳥は新聞らしき紙を手にして読み上げる。

「深夜の惨劇。一夜のうちに百名以上が死亡。銀座では大乱闘の末に、自死団員数十名逮捕。連続殺人事件との関係はいかに？」

それから、長いため息をつく。

片目と氏家は涼しい顔をしているが、まっとうな精神の持ち主であるあたしや籐子や葛城は恐縮してうつむいたままだ。どう考えても昨晩はやりすぎた。人形女給兵団三番隊が百人以上を手に掛けたと報告を受けた時には、にわかには信じられなかった。特殊脳犯罪対策班は仮にも公の組織で、治安を維持するのが目的だ。

「派手にやってくれたものだ」

花鳥は首を横に振る。氏家が不謹慎にもくすくすと笑い出したが、片目が、「おい」と声をかけると黙った。

「やりすぎだ。上層部には解散させろという強硬派も多いのはわかっておるだろう」

花鳥は言葉を続け、片目の後ろに立つ。

「事件は解決しました。それがあなたの望みだったはず」

片目は前を向いたまま答える。片目を包帯でおおった状態で、どうやって周囲を確認しているのだろう。包帯を巻いている理由もわからない。あたしは異動が決まってから片目金之助に関する資料を漁ったが、来歴はおろか包帯の由来もわからなかった。忽然《こつぜん》と特高に現れ、いくつかの事件を解決した後に特殊脳犯罪対策班の班長に収まった。

「お前さんはいつも極端すぎる。だが、解決したことを高く評価する者もいることは確かだ。もちろん、私も成果には謝意と敬意を払う」

葛城が、安堵の息を漏らし、籐子もほっとした。どうやら、おとがめなしらしい。

「では問題なし」

「ああ、うむ。どうも話が嚙み合っておらん。問題なしとは言っておらん」

「わかるよ。天使だってたまには日干しが必要だ」

天使？　とその場の人間は一様に首をかしげたが、質問はしなかった。片目はいつも妄想している。訊いてもよけいに不可解になるだけだ。

「今日はいささか疲れたので休む」

片目はそう言うと、立ち上がった。あたしは思わず、「ええっ？」と声をあげてしまった。まだ花鳥風月の話が終わっていない。花鳥は特殊脳犯罪対策班の特高側の担当、つまり片目よりも上の人間だ。片目が自由に動けるのも、花鳥が裏で調整していてくれるからに他ならない。詳細はわからないが、あたしは花鳥が特殊脳犯罪対策班のことで愚痴《ぐち》をこぼすのを何度も耳にしている。その花鳥の話が終わっていないのに、勝手に会議を中座するとは信じられない。

「人の話を聞け」

「ちゃんと聞いておる。委細承知。ただし、聞かなくてもよい話を聞く耳は持たない。都合よく相づちを打つだけの聞き手なら、そこらにいくらでもいる。我らが知りたかったのは当たりかはずれかだろう？　はずれだ。以上」

そう言ってあたしを指さした。失敬な。当たりとかはずれとかどういうことだ？

「まだ話は終わっておらんぞ」

花鳥が止める言葉も聞かずに、片目はその場を立ち去った。聞きしにまさる傍若《ぼうじゃく》無人《ぶじん》ぶりだ。みながあっけにとられて、後ろ姿を見送る。まだ午前中だ。もう仕事を放棄するのか？

「班長には困りものですね。申し訳ありません」

葛城がとりなすように笑ったが、花鳥は浮かない顔でふたたび長いため息をついて腕を組む。

「こっちの苦労も察して自重してほしいものだ」

「自重しては本来の動きができませぬ」

花鳥の言葉を氏家が笑う。

「みなまで言わせるな」

花鳥は肩をすくめる。

「ああ、なるほど。承知です。では、オレも失礼しよう」

氏家はすっと立ち上がると、ハンチング帽を懐から取り出して被る。見目うるわしい少年探偵といった出で立ちで、「失敬！」と会釈し、颯爽と去って行った。〝妖怪とっちゃん小僧〟と籐子が小さな声でつぶやいたのをあたしは聞き逃さなかった。思わず噴き出す。

「妖怪どもと話すのは骨が折れる」

花鳥の言葉に籐子が、

「全くです。あの人たちが一番の脳犯罪者です」

と応じ、あわてて口をつぐんだ。

花鳥が笑い出すと、葛城と籐子もつられて笑い出した。あたしは、果たして自分も笑ってよいものかどうか迷いながらあいまいな笑みを浮かべた。先が思いやられる。

このように事件は解決した。果たしてこれを無事に解決といってよいのかどうかわからないが、自死団は多数の同志と首魁を一夜にして失って壊滅した。

最後に片目が口にした言葉。

「国体はまごうことなくひとつだが、大義はひとつとは限らない。大義が惑えば時代は狂う」

今ならよくわかる。戸田典膳の目的は、まさに大義を錯綜《さくそう》させて時代を狂わせることだったのだ。いつの世にも時代の歯車を進める者と壊そうとする者がいる。その場にいると、どちらがそうなのかわからなくなることも多い。

しかし、あたしはもっと早くそのことに気がつくべきだったのだ。特殊脳犯罪対策班の中であたしは情報と予知を専門にしていたのだから。

第二章

屍屋事件

TAISHOZIGOKUROMAN

眼鏡屋こと、事務屋知解子が次に遭遇したのは『屍屋《しかばねや》事件』という世にもおぞましい事件。ご記憶の方もいらっしゃるでしょう。屍屋とは読んで字のごとく死体を売買する商人。ただし、〝生ける屍〟だ。動物の死体なら引取業者があっても、世の中には必要なのかもしれないと思うが、屍屋が扱うのは人間の死体。それも主に子供なのだから始末に負えない。どこから入手するのか知らないが、子供の死体を大八車《だいはちぐるま》に乗せて深夜に売り歩くというのだ。目撃した者もいる。怪しい二人組が大八車を引いているから、試しに呼び止めてみたら「屍屋でございます」と言う。おもしろいから買ってやってもいいぞ、と言うと「〝生ける屍〟でございます」と答える。〝生ける屍〟とは面妖だ。じゃあ、そいつをもらおうと言うと、大八車に被せてあった布を引き剝《は》がした。すると、そこには両眼をくりぬかれた少女が全裸で横たわっていた。

「助けてくださいませ」と少女は真っ黒い穴となった目で周囲を見回し、ぽろぽろと血の涙を流す。その声の悲痛なこと、血の涙の恐ろしいこと。たまらず悲鳴をあげて両手で顔を覆う。しばらくして手をのけて見ると、屍屋は少女とともに消えていた。

まるで怪談だが、目撃談が相次ぎ、訴えも出ていた。さらにやっかいなのは新聞で取り上げられ、巷に噂が広がってしまったことだ。警察としても取り上げざるを得なくなった。とはいっても殺人や強盗のように被害者のいる事件ではない。東京のどこかにいつかの夜に現れる屍屋を探すなど雲をつかむような話だ。せいぜい夜の巡回の際に気をつけるよう通達を出すくらいしかやりようがない。

そんなことで捜査が進むはずもなく警察はただ手をこまねいて見ているだけだと世論の突き上げを食らった。とはいえこんな与太話は誰も担当したくない。そこで特殊脳犯罪対策班ゲヒルンの出番となったわけである。正直、あまりうれしくない。屍屋という噂そのものは死体好きのあたしにはたまらなく魅力的だが、あまりにもウソっぽくうさんくさい。

騒ぎの火付け役が、片目の発行する『癲狂新聞』だったことはわずかな人しか知らない。特殊脳犯罪対策班の班長である片目がなにを考えて、そんなことをしていたのかは定《さだ》かではないが、これ以上事態が広がらないようにという配慮だったのかもしれない、と最初は考えていた(のちに事件そのものよりもおぞましい真実を知ることになるが)。

あきれたことに氏家翔太が、〝生ける屍〟の躍り食いの常連だったことから捜査は意外な展開を見せることになった。猟奇殺人犯の面目躍如《めんもくやくじょ》といったところだ。

夜二十三時、銀座ならガス灯で明るいが、このあたりの下町にそんな洒落たものはない。家々から漏れる灯りと月だけが頼りだ。静まりかえった路地にがらがらと音が響く。大きな荷物を載せた大八車をひとりの男が引いている。その横にはもうひとり男がいて周囲を警戒している。見るからに怪しい。

このあたりにたびたび屍屋が現れるということで、あたしたち特殊脳犯罪対策班は張り込んでいた。特高にいた時は事務方だったから張り込みはやったことがなかった。夕刻にここに来た時はなにやら新鮮な気持ちでいっぱいだったが、数時間も経つといい加減飽きて、疲れてきた。人目につかぬようにぼんやり物陰でじっと待っているのは想像以上につらい。だが、その苦労も報われる時が来たようだ。怪しい大八車はこちらに近づいてくる。

大八車の数メートル前の闇に女の顔が浮かんだ。あどけない少女のごとき面差しに短い髪が似合っている。

「屍屋だな？」

少女の口が動いた。大八車のふたりは不思議そうな顔で少女をにらむ。怖じ気づいている様子は微塵《みじん》もない。大八車が止まる。

「公務により、荷物をあらためさせてもらう」

少女はそう言うと、一歩前に出る。全身が月の光にさらされる。闇に浮かんだように見えたのも道理で、少女は黒装束をまとって夜の闇に溶けていた。

「素直に従わねば後悔してもらうことになる」

少女が自信たっぷりに警告すると、ふたりの男は大八車をかばうように前に出た。少女と男たちは後一歩で互いの間合いに入る。

「ガキが生意気な口を叩くんじゃねえ」

あたしが見てもあの少女は小柄で幼い。大人の男と戦えるようには見えない。

「人形女給兵団二番隊もなめられちゃったなあ」

少女はくだけた口調で笑う。余裕だ。

「人形女給兵団だと？　そうか特殊脳犯罪対策班だな！」

ひとりの男の顔色が変わった。

「間抜けだな。その名前を知っていることで、悪党だと白状したようなもんだ。『空影《くうえい》の碧《みどり》』さまの華麗な踊りを目に焼き付けておけ」

少女の姿が消えた。

「相手が悪い。逃げるぞ」

あわててひとりが後ずさって、来た方向に走り出そうとする。

「荷物はどうする？」

「捨てていけ。どうせ屍だ」

その時、ふたりは後ろの闇が闇ではないことに気がついた。黒装束の一団に周りを囲まれていた。

「くそっ、いつの間にこんなに来やがったんだ」

「観念してお縄につけ」

男たちの背後にさきほどの少女の顔が浮かんだ。

「どうせ捕まったら拷問のうえに殺されるんだ。こうなりゃひとりでも多く道連れにしてやらあ」

「いや、そうじゃないから大人しく捕まった方がいいと思うぞ」

「騙されねえ」

男が刀を振り上げて少女に襲いかかった。

「影！」

「空！」

「光！」

少女が叫ぶと、次の瞬間ふたりは倒れていた。残念なことにあたしはなにが起きたのかわからない。倒れた男の肩や背中にきらりと光るものが見えたのでおそらく小刀を投げつけたのだろう。

「しょうがねえなあ。弱すぎだろ」

さきほどの少女、碧が小刀を抜くと倒れている男を蹴飛ばす。

「待て！　なんでも話すから。殺さないでくれ」

「殺しはしない。いろいろ訊きたいことがあるからな」

碧が腰に手を当ててにやりと笑う。

「影、空、光！　こいつらを引っ立てて連れて行こう」

暗がりから黒装束の三人が出てきて、地面にうずくまっている男たちを引っ立てる。見事なものだとあたしは感心した。これまでに見たどの隊とも違う戦い方をする。人形女給兵団二番隊は小刀と軽業《かるわざ》の名手の一団と聞いている。人形女給兵団は自然発生的にできたというが、よくこれだけの逸材が短期間に集まったものだ。

「団長、こいつらをゲヒルンの獄に放り込んでおけばいいんですよね？」

二番隊隊長入鹿《いるか》山《やま》碧は、人形女給兵団の隊長の中では小柄だ。年齢も一番若い。少年のように短く刈った髪としなやかな身体が特徴だ。たいてい黒装束で現れる。一見すると忍者のようだ。

「うん。いつもの通りにお願い」

どこかで籐子の声がした。姿を見せないのは用心というより、帰る準備をしているのだろう。

「了解！」

碧は、ずいぶんと明るくくだけた態度だ。礼儀正しい剛の者といった感じの四番隊の京香とも、異形の雰囲気を漂わせる蓬莱とも違う。

あたしが二番隊の様子を観察していると、碧は突然こちらに向き直った。

「初めまして！　二番隊隊長の入鹿山碧です。よろしくね」

ずいぶん馴れ馴れしい。あたしに近づくと、抱きついてきた。籐子や他の隊長と違いすぎる。あたしは真っ赤になった。こういう時、どういう対応をすればいいんだろう？　正解はきさくに抱きしめ返すことなんだろうけど、物心ついてから他人を抱きしめたことなんかない。

「ごめん、てか、失礼しました。ついクセで抱きついてしまって。失礼しました」

碧はすぐにあたしから離れて頭を下げた。むしろこっちが申し訳ない気分になる。

「いや、こっちもごめん」

とっさにわけのわからないことを答えてしまった。

「もしかして気にしない人ですか？」

碧はそう言うと抱きつく仕草をしてみせた。

「嫌じゃない……です」

「よかった。あたし、よく抱きついたりするんです。その時はご容赦ください。では失礼します！」

屈託ない笑顔で碧は去って行った。あたしはその場に立ったまま、碧に抱きしめられた余韻に浸っていた。人間ってあったかいと柄にもなく思う。

大正時代初期には、袴にブーツといった和洋折衷《わようせっちゅう》の服装が流行した。涅槃喫茶にやってくる人形女給兵団の娘の中にもブーツに袴の者もいる。篠子と蓬莱は和装は和装、洋装は洋装で折衷にはしないが、一番隊真白《ましろ》と二番隊の碧は独特の服装をしている。同じ人形女給兵団といっても服装はまちまちだ。

世間の男性の間ではシルクハットに眼鏡に傘の洋装と、袴に学生帽に下駄《げた》のバンカラが流行だが、特殊脳犯罪対策班の男性陣は世間を顧みることがない。葛城は実直に制服を着ているし、氏家はチェックのジャケットにズボンという少年探偵スタイル。片目にいたっては銀色のスーツだ。ファッションにおいては女性の方がはるかに常識的だ。

「医者に連れていった方がよさそうだけど、葛城さんはどう思います？」

声がした方を見ると、篠子が大八車の荷物をあらためていた。文字通り、〝生ける屍〟と化した少女の姿があたしの目に入る。ぼさぼさの長い黒髪が肩から身体を覆い、なにもまとっていない裸身をかろうじて隠している。夜目に輝く白い肌のあちこちに傷と痣《あざ》があり、どれほどの陵辱《りょうじょく》がなされたのかわかる。噂のように目をえぐられていないのがわずかな救いだ。

「片目さんは、どんな状態であろうと連れて帰れと言ってたからなあ」

片目は人を人と思っていない。「〝生ける屍〟というくらいだからほとんど死にかけているのだろう。あるいは心が壊れているやもしれん。どのような状態であっても必ずここに連れて来い」と命じていた。

「怪我はそれほどでもありません」

あたしは大八車に近づくと少女の身体をひとわたり確認した。問題は身体の怪我ではない。

少女はずっとなにかをつぶやきながら、両手をさすっていた。

「連れて帰ってもなにも訊けなそう。さっきから話しかけているのに全然反応しない」

籐子は少女に憐憫《れんびん》の視線を向ける。

「まあいい。二番隊に大八車を引いてきてもらおう」

葛城がため息をつき、籐子もうなずく。

「それにしても、なんでずっと手をすりあわせているのかしらね」

籐子が首をかしげた。少女の言葉は不鮮明で、聞き取るのが難しい上、どうやら尋常な内容ではないようだった。だが、いくつかの言葉には聞き覚えがあった。なにかの本の一節のようだ。

「乗れよ」

いつの間にか葛城が自転車を引いてきていた。前回乗せてもらった時に比べるとずいぶん誘い方が簡略になった。このわかりやすさが葛城のいいところでもあり、いまひとつ女性にもてない理由でもあろう。

「いつもありがとうございます」

あたしは遠慮なく言葉に甘えた。葛城は頼りがいのある男でいたいのだなというのが最近わかってきた。あたしはまだ特殊脳犯罪対策班に慣れていないから遠慮なく頼ることにした。後ろに乗ると筋肉質の巨大な背中につかまる。籐子と葛城が並んで走り出す。

「なあ、訊いてもいいかな？」

走り出してしばらくすると葛城が籐子に話しかけた。

「どうぞ、なんでしょう？」

「くどいようだが、『空影の碧』にも勝ったのだな？」

「左様です」

「あいつの小刀さばきは神業《かみわざ》だぞ」

「なみの人間ではさばくのは無理でしょうね。あいにくとあたしはなみではありません」

籐子が余裕の表情で笑みを返す。毎度のことなので慣れっこなのだろう。

「オレでも手こずると思うのだが」

「手こずらないとは申しておりません。入鹿山碧と立ち合いたいのでしたら申しつけますよ」

「……いや、やめておく。まんがいち負けたら沽券《こけん》に関わるからな」

それを聞いた籐子は笑った。

「葛城さんの邪気のないところは好きです。他の人なら怒ってました」

それにしても、このふたりはいつも武道の話ばかりしている。一番多いのは、誰が強いかという話題だ。あたしには理解できない。殴り合いや斬り合いで優ることがそんなに素晴らしいとは思えないのだ。世の中にはもっと大事なことがたくさんあるだろう。

「篠子さんのお父さまは武術はなさっていないのですか？」

ふたりの会話が一段落したので、あたしは訊きたかったことを質問した。

「からくり人形に夢中で武術はやらなかったみたい。だからおじいちゃんが孫ができたら幼いうちからたたき込んでおくって決めたらしい。眼鏡屋さんのお父さんってなにしてるの？　商売人じゃなさそう」

「父は幼い頃にいなくなって、その後は親戚の箒屋《ほうきや》に引き取られました。母は物心つく前に病死していたので」

「あ、そうなんだ。ごめん」

「事務屋という名の箒屋か、おもしろいな。でも、そういう家庭で特高に入れるなんて家柄がよかったんだな」

自分の耳を疑った。それとない悪意や差別は何度も経験しているが、ここまで面と向かって言われたのは初めてだ。それも悪意のなさそうな葛城に。

「葛城さん！　失礼ですよ」

篠子がたまりかねた様子で叱りつけてくれた。

「あ、すまん。悪気はなかった。申し訳ない」

「いえ、気にしてませんから」

邪気がないで済むことと済まされないことがある。生まれてから死ぬほど言われてきたことだから今さら腹は立たないが、気にせずにはいられない。

気まずい沈黙が流れる。静まり返った帝都の闇に、自転車の車輪の音だけが響く。

「ここで結構です」

あたしは唐突に葛城に言った。

「まだだいぶあるぞ」

葛城はこぐのを止めずに答える。

「走ります。よい鍛錬《たんれん》になります」

あたしはそう言って飛び降りた。葛城はあわてて自転車を止めたが、かまわず走り出した。とにかく葛城の顔が見えないところに早く行きたかった。夜気が頰を切る。眼鏡をはずしてポケットにしまう。

「葛城さんのせいですよ！」

籐子が叱責する声が後ろから聞こえた。どうでもいい。面倒くさい人間関係などない世界に行きたい。そう思うと同時に、あたしはまだ子供だと口惜しくなった。

私は、手を洗っている。なんで洗っているんだろう。みんなが洗えと言うからだ。私が臭いから、きれいにしなきゃいけない。水がひどく冷たい。手の感覚がない。当たり前だ。今は真冬で、ここは井戸端だ。私はたったひとりで手を洗う。後ろには近所の男たちがいる。ちゃんと洗えと私に命じる人たちだ。夕刻の空は、暗くて重い。私はなにも考えずに手を洗う。

ああ、自分の手じゃないみたいだ。まるで手首から先が棒になってしまったようだ。しっかり洗え、と後ろで誰かが言ってる。私は言われるままにごしごしと手を洗う。笑っている声がする。私が手を洗っているのがそんなにおもしろいんだろうか?

私は手を止めて自分の手の匂いを嗅《か》いでみた。血の匂いがした。手を顔に近づけ、そのまま頬に当てる。びっくりするほど冷たい。冷えた金属を顔に当ててたみたいだった。

誰かに背中を蹴飛ばされ、前につんのめった。休むな、洗え、と言う。私は振り返って、もういやだ、と言った。そう言うと、男たちは大笑いした。そのうちのひとりが、私の服を切り裂き始めた。おそろしさに私は動けなくなり、裸にされる。服はぼろきれとなり、男たちがよってたかってあたりにばらまき、あたしは手で身体を隠しながら拾い集めるけど、ただの布きれで役に立たない。

気がつくと身体が重い。悪寒《おかん》がする。風邪《かぜ》を引いたのかもしれない。身体が熱い。逃げたい。逃げなきゃ。私が走り出した。走っているうちに目眩と吐き気が襲ってきた。足がもつれて転んだ。肘《ひじ》や膝をすりむいた。じんわりと血がにじんでくる。汚れたぞ、と男たちが言った。手を洗え、と言う。私はひどくだるくて口をきくことができなくなっていた。歯を震わせて、ああ、とだけ言った。もういやだ、と言うつもりだったのに。

男たちは笑うと、汚れた古いタワシを私の前に投げ出した。それで全身を洗ったら、終わりにしていいと言う。私はタワシを手に取ると、井戸に向かった。水を汲むざざざという音が、私の身体を削り取っていくみたいだ。

タワシで手をこすると、鋭い痛みが走った。我慢してこすり続けると、痛みは皮膚よりももっと深いところに広がった。どんどんこすったところが熱くなってきた。火傷《やけど》しそうなくらいに熱い。私の身体から赤い液体が流れ出して、流し場が赤くなった。なんだか怪談みたいだ、と思った。もし、このままここで死んでしまったら、私も怪談の主人公になるんだろうか、とぼんやり思った。

全裸の私の身体から血がどんどん流れ出す。腕も胸も脚も真っ赤だ。それを見て男たちは悦《よろこ》ぶ。血にまみれて犯されて死ぬ自分の姿が頭に浮かぶ。痛いと泣き叫びながら、無理矢理に何人もが何度も私を貫く。死ぬまでその繰り返しだ。

気がつくと男たちはいなかった。すっかり暗くなっている。私は血だらけの身体をてぬぐいで拭いた。でも、いくら拭いても血は止まらなかった。どうしよう。血が止まって乾くまで待っていようか、でもいつになるかわからない。私はあきらめてぬるぬるする血だらけで家に帰った。

家に帰ると私は身体を洗い始めた。やっぱり汚いから洗わなきゃ。


少女はこういう妄想にとらわれていた。

あたしが特殊脳犯罪対策班に戻る頃には、葛城と籐子は帰投し、報告を終えて帰った後だった。片目と花鳥が檻《おり》の中の少女を観察している。鉄で囲まれた広大な空間の片隅に置かれた檻。それを見つめる銀色のスーツを着た包帯の男と中年紳士。その横にあたしが立っている。異様な光景だ。

深夜だというのに花鳥も駆けつけてきた。この少女がそんなに問題なのだろうか？　可憐な少女だが、重要人物には見えない。

さきほど屍屋から保護された少女はゲヒルンに連れてこられてからも、ずっと全身を洗う仕草を繰り返していた。瞳はうつろで視点が定まっていない。声は出していないが、ぼろぼろと涙がこぼれている。年の頃なら十二、十三。ふくらみかけた胸、股の付け根の淡い陰りにも手を当ててこする。時にはひっかく。白い肌に何本も赤い線が走り、血が滴《したた》る。その様子は凄惨《せいさん》だが、妙に官能的にも見える。痛々しいし、狂っているとしか思えない。これほど美しいのに哀れだ。

「片目、これは……」

花鳥がつぶやいた。

「間違いない。〝当たり〟だ」

片目が答えた。そういえば片目は以前も〝当たり〟とか〝はずれ〟とか言っていた。この少女が〝当たり〟とはどういう意味だろう。

「眼鏡屋」

片目があたしに顔を向けた。包帯に覆われて目は見えないが、見つめられている気がする。

「はい」

「働いてもらうぞ」

なんのことかわからないが、片目の言うことにいちいちとりあっていられない。

「働くためにこちらに参ったわけですから働きます」

「屍屋の尋問は二番隊にまかせて、我らは帰ろう。明日は会議だ」

えっ？　と声をあげそうになった。たった今、〝当たり〟だとか働いてもらうとか言ったばかりなのに帰るとはどういう言い草なのだ。

「まだ働きたいのか？　人形屋と葛城はとっくの昔に帰ってるぞ」

「仕事熱心なのはよいことだが、身体にも気を配れ」

花鳥にまで言われた。心外とはこのことだ。片目が深夜の屍屋捕り物劇を命じるから仕事したのであって志願したわけではない。

「ありがとうございます。では、失礼します」

しかしあたしは大人なので頭を下げて家路についた。なにが起きているのかわからないが、休めるうちに休んでおこう。

翌日は朝から会議というので全員が中央の会議机についていた。しかし、肝心の片目がいない。

「これを読んでお待ちください」

黒い洋装の蓬莱が瘋狂新聞を全員に配る。「帝都を騒がす屍屋の正体はいかに⁉」というタイトルの下に血まみれの全裸の少女とそれを引きずってゆく男ふたりが描かれている。悪趣味なエログロだ。記事の中身も微《び》に入《い》り細《さい》をうがって被害者の少女の姿を描写しており、のぞき趣味も甚《はなは》だしい。

読むに堪《た》えないと思いながらもつい読んでしまうのは片目の筆力のなせる技かもしれない。読み終わってふと目をあげると、自分と蓬莱をのぞく全員が青葉屋のみそまんを食べている。あたしの前にもひとつ皿にのっているがあまり好きではない。なぜか特高の関係者はこのみそまんが好きなようだが、この味は好きになれない。薄皮饅頭《うすかわまんじゅう》の中身が特製のみそあんになっているしろもので癲狂新聞に毎号広告が掲載されている。広告を見ても食べる気にはならない味だけど。

「蓬萊は気が利く。ちょうど食べたいと思ったところだった」

氏家がご機嫌で蓬萊を褒めると、蓬萊は香ばしい緑茶を運んできた。美味しいとは思えないみそまんを食べてお茶を飲む様子は滑稽というか奇異だ。

「眼鏡屋さんは召し上がらないのですか？」

「今はいいかな。蓬萊さんが食べてもいいですよ」

「私はあまり好きではないんです」

蓬萊は素直に好きではないと口にした。周囲を慮《おもんぱか》って素直に言わなかった自分がバカに思えて悔しくなる。

「新聞片手に茶をするとは、のんきでいいな」

片目が颯爽と現れた。

「班長が遅刻するからです」

「万事予定通りだよ」

片目はそう言うと全員を見回してうなずく。

「氏家は昨晩の〝生ける屍〟を見たか？」

「いや、まだだ」

「君好みの美少女だ。ほどよい具合に狂っていて、この世にない景色を見ている。よい躍り食いができそうだぞ」

「人間を生きたまま食えるわけがなかろう」

珍しく氏家が真面目に答えた。

「君は年端もいかない子供を食うのが趣味のはずだ。記録にもそうなっていただろう、眼鏡屋？」

籐子と葛城が顔をしかめた。ふたりは健全そのものだから、この手の話題にはついてこられない。

「いいのですか？　そこまで私的なことを会議で公開して」

あたしは眼鏡の位置を右手で直しながら答えた。

「互いを正しく理解するのは重要だ」

「はあ……記録には確かにそのような記載がありました。〝生きたまま腑分《ふわ》けして、被害者本人に見せながら食した〟とか……」

籐子が露骨に顔をしかめる。

「ほらみたことか。氏家の好物だ。よし、屍屋の捜査は氏家中心でゆく」

全員がぎょっとした。この無責任きわまりない猟奇犯罪者に捜査をまかせるなど常軌を逸している。

「躍り食いが好きだからといって、屍屋にくわしいとは限らない。旦那にしては短絡的だ」

氏家自身も反論した。

「氏家主体で捜査を進める。人形屋は氏家と行動をともにしろ。四番隊の京香を連れてゆけ」

誰もなにも言わない。あまりにも無茶だ。それに籐子や京香は氏家を蛇蝎《だかつ》のごとく嫌っているから最悪の組み合わせだ。

「旦那。そんなご無体なことを言われて、この氏家翔太が、そうですかと言うことをきくと思いますか？」

「屍屋に君が特殊脳犯罪対策班の人間だと知らせれば、君はよい囮《おとり》になってくれそうだ。やれ」

片目のきつい口調に氏家は黙った。

「氏家さんが囮になるとは素敵です」

会議では口をはさむことのない蓬莱が珍しく発言した。

「君はオレの趣味を理解していると思っていたんだが、勘違いだったかな？」

「氏家さんのご趣味はわかりますけど、あれはいささか私には度が過ぎます。なにより美しくない」

あの蓬莱に度が過ぎると言われるとはいったいどのような趣味なのだろう？

「眼鏡屋。〝生ける屍〟には共通の特徴があっただろう」

片目があたしに話題を振った。

「記録によれば、全員が取り憑かれたようになにかを繰り返しつぶやいています」

「なにをつぶやいている？」

「……定かではありませんが、『籠目《かごめ》』の一節ではないかと思います」

これは記録にはない。あたしが特高にいる時に立ち会った尋問と昨晩のことから推察した結果だ。おそらく間違いないと思うのだが、『籠目』は簡単に手に入るものではない。あたし自身も読んだことはなく、伝え聞いた範囲で推測しただけだ。

「籠目ってあの童謡の？」

「童謡を元にした物語です。危険思想を含むということで特高が全ての本を押収して焼却しましたが、その後好事家《こうずか》が残っていた一冊を見つけて、ある本屋が引き取りました」

「氏家、わかったか？　氏家と人形屋は四番隊の京香を連れてその本屋を調べてこい。昨晩保護した〝生ける屍〟の調査は蓬莱と葛城にまかせる」

片目はそれだけ言うと立ち上がった。

「本屋ってどこのです？」

籐子が質問したが、片目はそのまま自分の部屋に向かった。

「わからぬことは眼鏡屋に訊け。眼鏡屋はなすべきことをなせ。いいか、諸君。突拍子もないように聞こえるが、焚書坑儒《ふんしょこうじゅ》を知らんわけではあるまい。古《いにしえ》より為政者は書を恐れていた。赤旗事件や大逆事件とて書物と思想が根っこにある。我々が思っている以上に本は危険だ。本は人を感化させ、時に書物に書かれていることを盲信して狂う者も出る。だが、ひとたびその力を手中に収めれば世界を手にしたも同然だ」

そう言うと扉を閉めて部屋に籠《こ》もった。

「……はい」

まさかゲヒルンで本屋の話をするとは思わなかった。あまり思い出したくない。

「その本屋は思骸屋《しがいや》という店です。扱っているのは怪しい呪いや妖怪の本ばかり。神保町《じんぼうちょう》にあります。主人の本屋藤兵衛《ほんやとうべえ》はだいぶ前に行方不明になり、その後は残った店員が細々と商《あきな》いを続けています」

「眼鏡屋さんはなんでも知っている」

篠子が感心した。

「あの本屋には注意が必要です」

自分の口から出た言葉に自分で驚いた。こんなことを話すつもりではなかった。そうだ。思骸屋であたしは父から『無思記《むしき》』を与えられた。なぜこんなことを思い出すのだろう？長いこと忘れていたのに。

「注意とは？」

篠子が首をかしげた。片目があたしをぜひ欲しいと花鳥に言った理由がだんだんわかってきた。あの男はあたしのことを徹底的に調べている。事務の人手が足りないなどというのは花鳥を動かす口実にすぎなかったのだ。

「どのような本でも、特殊な力を持っています。よく言えば学習の結果、物の見方が変わる。悪く言えば人間の認識を歪める力と言えます。たとえば思想書を読めば言動に影響が出ます。本を読んで感動したり、人生観が変わったり、目から鱗《うろこ》が落ちたり、宗教や思想に帰依《きえ》したりするのは、この認識を歪める力のなせる技。思骸屋は特にその力の強い本ばかりを扱っており、中には思想書などもあったので特高の監視リストの中でも注意が必要な場所に指定されていたのです」

「なるほど！　確かにそう言われれば特高にとっては危険きわまりない店だ。違いない。それで眼鏡屋も知っていたのだな」

なにがおかしいのか氏家が笑い出した。

「読んだだけで〝生ける屍〟になるような本もあるってわけか」

氏家が笑うのを止めてつぶやく。まだ信じてはいないようだ。我々が書物で学習するというのは、思考や認知が変化するということだ。本が人間の意識を変える力を持っていることは自明で、問題はその速度と強度だ。一般に考えられているよりも速く強く影響を与える強い力の本があるのだ。

「詳細は明らかにされておりませんが、軍でも本屋藤兵衛を追っていたようです。特高と軍のどちらが先に本屋藤兵衛を手中に収めるか争いになっていました。本屋藤兵衛の持つ本は極めて危険な非致傷性兵器で細菌兵器のような感染力を持つので、軍では軍事利用を考えていたようです。日露戦争の勝因のひとつである明石《あかし》大佐による工作も、元は共産主義に洗脳する本のなせるわざ。軍部が強い関心を持つのも当然と言えば当然かもしれません」

日露戦争は明治三十七年と翌年にかけて行われた。強大な軍事力を背景に南下政策を進めていたロシアを我が日本軍が打ち破った。勝因はいくつかあるが、そのひとつに陸軍明石大佐による工作があった。莫大な工作資金を背景に欧州全体にわたる反ロシア帝政の機運を盛り上げ、第一次ロシア革命へと導き、国内が不穏な状況となったロシアは日本と早期に和解せざるを得なくなった。

「強い力の本は国も倒せると軍の一部は信じているようです。それゆえ是が非でも特高に先んじて本屋藤兵衛を手中に収めたいようです」

嘉永元年に『共産党宣言』が発行され、「諸国民の春」と呼ばれる騒乱が欧州各地で発生した。自由主義、民族主義を掲げた民衆が蜂起したのだ。フランスでは二月革命、オーストリアのウィーンでは十月蜂起、ハンガリーでは独立宣言、デンマークで三月革命など欧州は混乱の坩堝《るつぼ》となった。

本来はウィーン体制によって抑圧された自由主義と民族主義の反動であって『共産党宣言』の力によるものではないはずだが、軍部にはそう信じている者もいる。「諸国民の春」が鎮静化したのは、旧勢力が『共産党宣言』を焼き捨て、効果のないように書き換えたものに差し替えたおかげだと彼らは考えている。日露戦争において明石少佐の工作が功を奏したのは、彼が原本を手に入れ、それを扇動に利用したおかげという噂もある。もし本当にそうならたった一冊の本に欧州を騒乱に巻き込む力があったということになる。

「一冊で欧州を覆す威力の本が数冊あれば列強恐るるに足らず。本屋藤兵衛こそが最終兵器である。そう信じている一派が軍部と特高にはいるそうです」

もっともらしく説明したが、あたしにはよくわからない。本当にそこまでの力が本にあるのか？

「一度、強い力の本とやらを読んでみたいものです」

蓬萊がつぶやいた。〝惑い〟の技を持つ蓬萊が興味を持つのは当然だが、危険すぎる。この人たちは、あの店の本の力を知らない。

「『牛の首』みたいな話だ」

葛城が腕組みする。『牛の首』は怪談だ。あまりにおそろしいのでそれを聞いた人間は死んでしまうため、誰も内容を知らないのだという。全然違うと言いたいが、知らない人にわかってもらうのは至難の業だ。みんな、書物を読んだり物語を聞いたりして影響を受けているのに、それがどれほど威力のあるものなのか認識していない。

「『籠目』の本がこの事件に本当に関係あるんでしょうか？」

「それはわかりかねます」

昨晩見た〝生ける屍〟の少女の姿が頭をよぎる。あたしの考えすぎかもしれない。

神保町が本の街となったのは大正二年に、岩波茂雄《いわなみしげお》が古書店を開いてからだ。同店の成功により、書店が増え、それを目当てに学生などが通うようになり、カフェもできた。もともとこの地には夏目漱石《なつめそうせき》などの文豪が贔屓にしている店があった。中でも洋風かきあげで有名な松栄亭《しょうえいてい》は、漱石が好んでいたことで有名である。

思骸屋は、神保町の片隅にある古い木造の家だった。看板もない。三人はすぐに到着したが、篠子と京香は店を前にしてしばしためらう。民家にしか見えないので、はたして入ってよいものかわからなかったのだ。そんなふたりをよそ目に氏家は、引き戸を開ける。

「こんにちは」

目の前にずらりと書棚が並び、その先には上がりがまち。そして十二畳ほどの板間が広がっている。板間の向こうには、大きな陶器の火鉢を前に店番らしい老婆が正座している。店にはクセのあるお香がたちこめており、霧がかかったようになっている。数メートル先の老婆の顔もぼやけるくらいだ。

「ここであってたみたい」

籐子はそう言うと京香と一緒に店の中に入った。とたんに嫌な冷気を感じる。一歩入っただけで異空間に迷い込んだ気分になる。書棚に並ぶ本は表向きは普通に見えるが、いやな空気を発している。

「ふうん。これが瘴気《しょうき》というものだな。初めて味わった」

愉快そうに氏家は言ったが、籐子はすでに帰りたくなっていた。店の中にいるだけで、気持ちが悪くなる。こういう経験は初めてだ。籐子の腕に鳥肌がたった。深夜に肝試しをした時のような居心地の悪さ。氏家が瘴気と言ったのはまさに当《とう》を得ている。天井にいくつもランプがついているし、窓から光も入っている。店内は呪われているかのように薄暗く、空気はひんやりと湿っている。かすかになにかが聞こえている。ささやきとも鳴き声ともとれる。

「鳥とか虫の鳴き声が聞こえます」

京香が籐子の手を握った。大きな身体をしているが、京香はお化けや妖怪が苦手だ。籐子には赤子の笑い声に聞こえるのだが、それを言うとよけいに京香を怖がらせそうなのでやめておく。

「地獄の見本市みたいな本屋ですね」

京香がつぶやく。どの本も禍々しい雰囲気を漂わせており、手に取ることすらためらわれる。背表紙には、「呪」「死」「狂」といった文字が浮かんでいる。触っただけで呪いで手が腐りそうだ。

「ばあさん、『籠目』って本はあるかい？　屍屋に関わりのありそうな本だ」

いきなり氏家が奥の老婆に声をかけた。いつの間にか上がりがまちに腰掛けている。あの男には恐怖心がないのか？　と籐子はあきれた。

「屍屋？」

老婆は身動きせずにオウム返しした。

「〝生ける屍〟を売って歩いている連中だ。こう見えてもオレもこの娘も特高なんだ。ウソつくと怖いよ」

無神経すぎる、と籐子は思った。認識票はあるが、氏家も籐子もどう見ても特高の一員らしくないし、厳密に言えば特殊脳犯罪対策班は秘密の組織なのだ。あからさまに身分を名乗るべきではない。

「……壁際の棚の二段目の右端から三冊目」

老婆がぼそっと答えた。

「ずいぶん簡単に教えてくれるものだな。オレが訊いたことがちゃんとわかってんのか？」

氏家はぶつぶつ言いながらも指示された場所に向かう。籐子と京香もそちらに向かったが、氏家が近づくと目指す書棚はガタガタ勝手に揺れ出した。危険を感じたので、少し離れたところから氏家が本を手に取るのを見ていた。平気で本に触れる氏家の鈍感さに驚く。

「これ、人の皮でできてるんじゃないか?」

氏家の顔に笑みが広がる。篠子は吐き気を覚えた。京香も青い顔だ。かまわず氏家は本を開いてぱらぱらめくる。

「そこで読んではいけない」

老婆がしゃがれた声で注意した。

「買ってからってことか。わかったよ」

氏家は本を閉じると、上がりがまちに戻り「いくらだ?」と訊ねる。

「あるだけ」

老婆は氏家の胸元を指さす。

「おいおい。強欲なばあさんだな。これでまけとけ」

氏家はジャケットの胸ポケットから財布《さいふ》を取り出すと、一円札を老婆の前に置く。

「……ありがとうございます」

もっとごねられると思っていたのだろう。氏家は拍子抜けした顔を篠子と京香に見せる。

「目当てのものを手に入れたなら店を出ましょう」

あっけない展開に驚きつつも篠子はそう言って出口へ急ぐ。

「そんなに急ぐこともないだろう」

と言いながら氏家も後に続いた。

「とっとと戻りましょう」

籐子と京香はすたすたと歩き出すが、氏家は本を読みながらのろのろと歩く。籐子と京香はため息をつき、時折歩く速度を落として氏家を待つが、気味が悪いので一定の距離を保っている。氏家に近寄りたくないのは元からだが、今回は特にそうだ。氏家の猟奇愛好家の顔が前面に出ていて、気持ちが悪くてしょうがない。氏家はそんな籐子には全く気づかず、完全に本に没頭している。

「これは素敵な本だ。生きながら美しい死体を喰うなんて最高だと思わないか？」

死体を喰う？　籐子はぞっとした。どうやら『籠目』という本はそういう危険な本らしい。考えてみると、童謡の籠目も意味不明で不気味だ。のどかで静かな神保町の昼下がり、氏家の周りだけくすんだ空気がたちこめているように感じる。

「無理です。吐き気がします」

籐子は氏家から目をそらす。

「わかってもらえないとは残念だ」

「この本に書かれている見世物小屋を見に行こう。事件を解決する手がかりがあるかもしれない」

氏家が唐突に言い出した。籐子と京香は顔を見合わせる。

「哀れな少女が全裸で緊縛されて、目に針を刺され、指をひとつずつ切り落とされるのだ。冥土の土産に観ておいて損はない」

京香が手で口元を覆った。想像するだけで恐ろしい。戦闘で血や死体を見ることは当たり前だが、それはあくまで悪漢《あっかん》との戦いだ。一方的に弱者をいたぶるのとは全く違う。

「神田だから近いぞ」

氏家はすっかり行くつもりだ。籐子は京香の背中に手を回し、軽くさする。

「どうした?」

神田の方向に曲がろうとする氏家を籐子と京香は立ち止まったまま見つめる。

「私たちはご一緒しません」

籐子は首を横に振る。

「おいおい。どういうことだ?」

「捜査に必要とは思えません。氏家さんの猟奇趣味にはつきあいきれません」

意識せずとも声が硬くなる。見世物小屋のようないかがわしい場所に入ることはできない。

「オレは事件の手がかりがあると思う」

「理由を教えてください」

「その本を読めばわかる」

氏家が本を差し出すと、籐子はそっぽを向く。それならと今度は京香に差し出すが、籐子が氏家の腕を押し戻した。

「本は読みませんし、見世物小屋にも行きません。私たちはそういう趣味を解《げ》さないのです」

「公務だ」

「趣味としか思えません。先に戻って涅槃喫茶で待機しています」

「お嬢さん方、それはないだろう。護衛がいなくては危険だ」

氏家が肩をすくめて苦笑する。

「見世物小屋に賊《ぞく》が潜んでいるとは思えません。まんがいちなにかあったら呼子笛で呼んでください」

呼子笛で呼ばれても果たして駆けつける団員がどれほどいるだろうと思いながら答える。氏家は人形女給兵団の団員からひどく嫌われている。猟奇殺人犯を好きな女学生がいる方がおかしいのだが。

「まあいい。お嬢さんたちには刺激が強すぎるかもしれないからな。オレひとりの方が心置きなく調べられる」

「お言葉に甘えて失礼します」

籐子は冷たくそう言うと、京香の手を引いてその場を離れた。

江戸時代から庶民に親しまれてきた見世物小屋だが、明治時代には規制され、浅草六区周辺のみでしか見られなくなった。しかし、官憲の目をかいくぐって違法に興行する見世物小屋も少なくなかった。

演《だ》し物《もの》はいわゆるフリークス、曲芸、珍しい動物、性交の覗き見、残忍なショーなどエログロが山盛りの内容が多い。中には生きたうさぎを舞台の上で食いちぎるような過激な演し物もあった。ひどい興業主は演し物のために子供を誘拐し、歩けぬように足を切って見世物にしたりしたという。怖い物見たさと物珍しさで足を踏み入れる庶民は少なくなかった。

仄暗い小屋に広がるのはこの世のものとは思えない演し物ばかり、夢と正気と狂気の狭間を漂いながら浮世の憂《う》さを晴らす。

神田明神を下った袋小路に見世物小屋があった。石畳の路地の両脇には屋台が並んでおり、見世物小屋の入り口には、のぼりが立っている。燕尾服《えんびふく》にシルクハットという出で立ちの男が、呼び込みをしている。見世物小屋そのものは布張りのテントだ。中から時折、悲鳴が聞こえていやが上にも雰囲気を盛り上げている。

「おっと、お待ちなさい」

口上も聞かずに入ろうとした氏家を呼び込みのシルクハットが止めた。

「なんだね？　呼び込みは客を入れるのが仕事だろう」

「左様ですが、うちは当たり前の見世物小屋と違います。本日の演し物は少女の解体です。心臓の強い人でないと耐えられず、心根の歪んだ悪党でないと楽しめません」

「オレが善良な市民に見えるのか？」

氏家が不敵な笑みを見せると、相手はすぐに頭を下げた。

「お見それしました。どうぞお入りください。お代は見てのお帰りで結構です」

シルクハットは入り口の垂れ幕をあげて氏家を中に通した。中は暗く、すぐには目が慣れなかった。正面奥に舞台が設《しつら》えられており、ぼろぼろの服をまとった少女が手足を椅子にくくりつけられていた。足は大きく広げられ、内腿《うちもも》から血が滴っている。氏家はその場に立って目が慣れるのを待った。

「ひっ」

客席から悲鳴が漏れた。

舞台に現れた白い仮面をつけた男が椅子に縛りつけた少女の指をハサミで挟んだ。少女の目が恐怖でこれ以上ないほどに広がる。男はそのまま力まかせに指を切り落とす。ごりっという音とともに指が床に落ち、客席から複数の悲鳴があがる。切断面から血が滴る。

想像以上だな、と氏家は感心し、ゆっくりと奥の方へ移動した。目が慣れると客席の様子もわかる。まだ昼のせいか客はまばらだ。

仮面の男は一本ずつ指を切り落としてゆく。ハサミで切るというのはむごい。さほど切れ味がよいとは思えない刃で指を挟み、無理矢理切断するのだ。尋常な痛みではあるまい。そのたびに少女は苦悶《くもん》の表情を浮かべて口を開く。しかし声は出ない。氏家は少女が口を開いた時に、舌が半分に切られているのを見た。しゃべれないようにしてある。口を開けても、声にならない空気が漏れるだけだ。

切られた指の根元から血が滴り落ち、静まり返った会場に水滴の音を響かせる。氏家はよく見るために前方の席に移動し、まじまじと少女の指を見た。桃色の肉の色もあざやかに白い骨も作り物には思えない。もし本当にやっているのなら公開殺人だ。

少女の顔は恐怖と苦痛に歪み、両眼からは涙があふれ出している。だが、氏家はそこに淫靡な匂いを嗅ぎ取った。

仮面の男は三本目の指を切り落とした時、それを拾い上げ、少女の口に押し込んだ。床に落ちていた他の二本の指も同じように押し込む。

少女はすぐに吐き出した。男は慣れた手つきで少女の顎《あご》の関節をはずし、さきほど少女が吐き出した三本の指を開きっ放しの口に押し込む。少女の口からだらだらと血と唾液がたれる。

やがて十本の指を切って少女の口に入れ終わると、凧糸のような太い糸で唇を数箇所縫いつける。麻酔なしの縫合《ほうごう》。少女は激痛に身をよじらせてのたうつ。見ている氏家も痛く感じるほどだ。

だが、その時、氏家は少女の股間がおびただしく濡《ぬ》れていることに気がついた。失禁しているのかと思ったが、そうではない。とろみを帯びた液体が破れたスカートにしみ、そこからたれている。あの少女は死という快楽を味わっているのだ。氏家は目が離せなくなった。

仮面の男ははずした顎を元に戻し、さらにきつく縫いつける。少女は全身を激しく動かし、見えないなにかに犯されているように内腿を震わせ、苦痛と死と快楽の沼に沈む。

男は手鏡で少女に己の顔を見せた。美しかった顔は唇を縫いつけられた化け物に変わっている。唇の隙間から激しい吐息が漏れる。

それから男は、少女の頭を固定した。右のまぶたをつまんで引っ張り、カミソリを当ててすっと走らせると、はらりとまぶたが落ちた。続いて左のまぶたも。むき出しの眼球が瞬く間に血に染まる。もはや人間の姿とは言えないが、射精するほどに官能的だ。

男は十五センチ程度の長さの針を手に取った。いわゆるぬいぐるみ針だ。人差し指の指先をむき出しになっている少女の右の眼球に当てると、ためらいなくぬいぐるみ針をつき刺す。客席から悲鳴があがる。さすがの氏家も声をあげそうになった。

男の仕草は滑らかでためらいがない。針をつまむと、力を込めて少女の眼球を回転させる。黒目が中央に来た位置で手をとめる。

少女の全身が小刻みに震えだしている。口からぼたぼたと液体がたれる。男はもう一本、針を取り出すと眼球の端、白目に刺す。男は両手を離す。少女の眼球は左右に動こうとするが、針が引っかかって動かない。男はその様子を確認すると、二十センチはあろうかという長い釘をつまむ。少女の黒目の中心にその先端を当て、ぐっと押すとそのまま釘の頭を掌《こぶし》で押し込む。一撃で釘は十センチ以上少女の体内に埋まる。全身がびくんとはね、目から血があふれる。男は左目にも同じように釘を打つ。

そして少し後ろに下がり、出来映えを確認する。男はもう動かない。観客も黙ったまま見入っている。氏家はまるで自分が少女を拉致してなぶり殺しにしているかのような錯覚に陥る。しかも少女は死に犯されて悦んでいる。これほどの愉悦があるだろうか。

気がつくと舞台の上にはなにもなかった。

演し物は終わっていた。

いったいいかなるからくりなのだろうと考えながら氏家は席を立つ。出口に顔を向けると、誰もいない。おや？　と思って周囲を見回すとさきほどまでいたはずの客は消えていた。退場したにしても早すぎる。それに異様に静かだ。係の者も見当たらない。

氏家は奇妙に思いながらも入ってきた戸口に向かい、垂れ幕をくぐった。

そこは仄暗い狭い倉庫のような部屋だった。あわてて振り向くとそこには見世物小屋はなく、倉庫の壁があるだけだった。

「ははあ。オレが見世物小屋を出る時になにかしたな。麻酔か？　気を失わせて記憶を飛ばしたんだろう。そうでなきゃ、こんなおもしろいことが起こるはずがない。なめられたもんだ。氏家翔太と知ってのことか⁉」

氏家は怒鳴ってみたが、空虚に倉庫の中にこだまするだけだ。

「無駄とは思うが、ひととおり調べるぜ」

氏家がそう言うと、倉庫の壁や床を念入りに調べ始めた。どこにも窓はなく、天井にある天窓から頼りない光が差し込んでいるだけだ。天井まではざっと見積もって二メートル以上。倉庫の中には足場になるようなものはない。壁は鉄製ででこぼこはあるが、足場にして登れるようなものではない。壁を叩いても音が響かないところを見ると、かなり分厚いのであろう。それにしても入り口がないのはおかしい。天窓から放り込んだにしてはどこも痛くないし、着衣に乱れもない。

「なにが目当てなんだ？」

屍屋の手の者だとすれば思骸屋から尾行されていたのかもしれない。やはり人形屋たちと行動を共にしなかったのはまずかった。人形屋ならすぐに尾行に気がついただろう。

ふと気がつくと足下に本が落ちていた。さきほど買い求めた本だ。さっきまではなかった。懐にしまっておいたはずだから、周囲を調べている間に落ちたのかもしれない。手に取って、なにげなくぱらぱらめくってみたが、暗くて字が見えなかった。

あたしが氏家さんの失踪を知ったのは翌日の朝だった。片目によって全員が会議に招集された。

「昨日から氏家が行方不明だ。さっそく囮としての使命を果たしてくれたようだな。ことの顚末《てんまつ》を人形屋から説明してもらおう」

片目の言葉に篠子の顔色が変わった。

「申し訳ありません。私たちが単独行動をお願いしたせいです」

立ち上がり、頭を下げると、昨日の足取りを説明した。

「謝ることはない。思骸屋、見世物小屋と立ち寄り先はわかっているし、自分が囮にされたとわかっているのだから囮らしく連絡をくれるだろう」

「さっそく二番隊と調査に当たります」

篠子がそのまま出ようとすると片目が止めた。

「いや、先に葛城と蓬莱の報告を聞いておけ」

あたしの胸の奥でなにかがざわついた。暗いものが頭の中に広がる。予知能力が働く時の感覚だ。

蓬莱が暗い倉庫のような場所で血まみれで倒れているのが見えた。まだ息はある。よろめきながら立ち上がる。黒い洋装はあちこちが破れ、露出した素肌からは血が滴っている。胸にわずかに残っている黒い服には赤いバラの飾り物がついている。その花弁は血の赤に濡れて艶やかだ。

顔色は真っ青で立っているのが不思議なくらいだが、目だけは燃えている。蓬莱は死を覚悟しているのだとわかる。誰かが離れたところで叫んでいる。逃げろ、隠れろと言っているようだ。叫んでいるのはあたしらしい。

あたしが見る未来には二種類ある。ひとつは変えようのない未来、もうひとつはあたしが変えることのできる未来。あたしが変えることができる時には、あたし自身が予知の中に現れる。たいていは姿が見えるのだが、さきほどのように声だけが聞こえることもある。

「ここで果てるとも一片の悔いもありません。蓬莱は片目さまへの愛に殉《じゅん》じます」

蓬莱は荒い息でそう言うと、両手に錐刀を構えて前に出た。その時、複数の銃声が響き、蓬莱の身体が後ろによろめく。そこで現実に戻った。

「……という次第で実のあることはなにも聴取できません。身元もわからずじまいです」

報告をしている葛城の隣に腰掛けている蓬莱を見た。予知した光景と同じ黒い洋装。胸のバラの飾りまで同じだ。血の気が引いた。さきほど予知した未来は、もしかしたら今日かもしれない。しかもあたしがなにかすれば蓬莱は助かる。胃の底が重くなる。あんな死闘の最中に蓬莱を助けることができるのだろうか？

「葛城が無為に裸身の少女の説明をしている間に眼鏡屋はなにかを見つけたらしいぞ」

片目が突然あたしに話を振った。

「いえ、私はなにも。資料を確認していただけです」

なにか気取られたのかとどきりとした。できるだけ予知能力のことは知られたくない。いつどのような形で発現するかわからないのだ。当たる保証もない。期待されても困る。

「まあいい」

片目があっさり引いたので、あたしはほっとした。

「私は道具を仕入れる時は、使い方を確認するのだよ」

片目がつぶやくと全員が不思議そうな顔をしたが、あたしが予知能力を隠していることへの当てこすりのように聞こえた。

「人形屋は今回の事件をどう思う？」

片目が急に話題を変えた。

「ただ気持ち悪いだけです。できるだけ早く終わらせたいです」

籐子が硬い口調で答えた。いつもの明るい彼女とは違う。これしきの猟奇でめげるとは意外と思ったが、年齢を考えれば当然だ。まだ十六歳の少女なのだ。

「氏家を助けに行けばそこに屍屋たちもいる。逮捕すれば終わる」

「班長の前で申し上げたくないのですが、氏家さんを助けたくありません」

ぎょっとした。仲間を見殺しにする？　籐子はこんなことを口にする人間ではなかったはずだ。今日はなにかおかしい。

LOVE & PEACE
SWEET

「昨日、行動を共にした際、怪しい本を手にして極悪非道なことをおっしゃっていました。お気に入りの本を見て、つい本音が出たのでしょう。完全に猟奇殺人犯に戻っています。私も京香もすっかり氏家さんに失望しました。前から期待はしていませんでしたが、これ以上関わり合いたくないと思っています」

「人形屋、抑えろ」

籐子の隣の葛城がみかねて声をかけた。

「申し訳ありません。口が過ぎました。ただ、以前から人形女給兵団の団員の間には氏家さんの悪評が広まっており、どれくらいの団員が協力してくれるかわかりません」

そこまで言い、ちらりと蓬莱を見る。

「三番隊に関してはなんとも言えませんが……」

「人形屋！　いい加減にしないか」

葛城が声を荒《あら》らげる。

「申し訳ありません」

籐子はそう言ったが、全く悪いと思っていない様子だ。気持ちはわからないでもないが、ことは氏家の命と屍屋事件解明に関わる。軽率に協力できないなどと言うべきではない。むしろ団長として団員をまとめるように努めなければいけない。

「三番隊も団長と同じです。あの方はただ趣味が悪いだけです。愛も美もありません」

蓬萊が続けた。このふたりの意見が一致するのは珍しい。そこまで氏家は嫌われているのか。

「まあいい。総員で氏家の行方を捜す。私が先頭に立って捜査するからやる気のある者はここに残れ。嫌なら別にいい。〝当たり〟を引いたら後は、どうとでもなる」

片目は平然とつぶやく。後半はなにを言っているのかわからないが。

「人形女給兵団を動かせるか確認してみます」

「ご一緒します」

籐子と蓬萊が同時に立ち上がり、部屋を出て行った。

片目と葛城とあたしが残った。葛城と目が合いそうになったので顔をそらした。昨晩のことがあるので葛城とは話したくない。

それよりも、さきほどからどうしても気になることがある。

「片目さんはなぜそんなに楽しそうなんですか?」

「私の表情がわかるのか?」

「はい。頬の筋肉の動きで察することができます」

「なるほど。楽しいに決まっているだろ。〝当たり〟なのだから」

「なにをおっしゃっているんですか? 〝当たり〟とは? さきほどもおっしゃいましたね」

あたしは重ねて質問したが、片目は答えなかった。

しばらく沈黙が続く。葛城は落ち着きなく何度も腕を組み換えたりため息をついたりしている。いつも活気に満ちている葛城らしくない。

「班長、蓬莱さんのことをうかがってもよいでしょうか？」

あたしはいつまで経っても答えをもらえないので、違う質問をしてみたが、やはり片目は答えない。

「なにを知りたいんだ？」

埋め合わせのつもりか葛城が片目に代わって反応した。この際、葛城でもいい。

「人形女給兵団は人形屋籐子さんを慕《した》う女学生の集団のはずですが、どう見ても蓬莱さんと三番隊は籐子さんを慕っているようには見えません。蓬莱さんは学生ではないし、そもそも男性です」

男性というところで葛城が笑った。笑うとこじゃないと口に拳骨をつっこみたくなったが、我慢した。蓬莱の来歴の詳細は特高の資料にもなかった。

「蓬莱は幼い頃に実の親に苦界に売られたんだ。それを片目さんが拾ってあそこまでにした」

武道のこと以外なにも考えない葛城らしく、誰にも触れてほしくないであろう蓬莱の過去をあっさりしゃべった。それにしても苦界とは……。

「男娼をしていたというのですか？」

「本人から聞いた。オレが蓬萊に武道の基礎を教えたこともあるのだ。あの惑いの術を身につけるずっと前のことだ。その時に聞いた。まだ子供だったからな。葛城さまだけにお話しします、ってかわいかったぞ」

「あたしにしゃべってはいけないのでは？」

「あ？　うっかりしたかもしれん。まあ聞かなかったことにしてくれ。同じ班の仲間じゃないか」

この男の無神経さにはあきれる。

「見込みがあったので引き取って腕利きに仕立て、仲間を集めさせ、その後人形屋と合流させた。だが、拾ったのは間違いだった。〝はずれ〟だ。お前は自由だ。どこにでも行けと言ったのだが、拾ったのなら死ぬまで見届けるのが飼い主というものではないのですかと食い下がった。捨て駒にしてもらえればそれでいいらしい。ここで死ねれば本望なのだろう。アレは死んで自由になれる」

片目から続きを聞かされて、あたしはぞっとした。葛城の無神経さにもあきれるが、片目のように人の心を弄《もてあそ》ぶのはもっと許せない。蓬萊が残りたいと言ったのは片目に恩義と愛情を感じたからだ。「ここで死ねれば本望なのだろう」と言うのは冷たすぎる。蓬萊は気難しく嫌味なヤツだが、同情する。

「あれだけの使い手のなにが〝はずれ〟なのですか？」

武道バカの葛城が訊ねたが、片目は答えない。なにが〝はずれ〟だったのかはおおよそ察しがついた。あたしは申し訳ない気持ちでいっぱいになった。

篠子が戻ってきた。一番隊、二番隊、四番隊の隊長も一緒だ。全員緊張の面持ちで、片目の近くまで行くと跪《ひざまず》いて、頭を下げた。少し遅れて蓬莱もやってきて跪き、篠子に目配せする。

「人形女給兵団は誰も動きません。ありていに申し上げれば私も氏家翔太のためには働きたくありません。まことに申し訳ありません」

篠子が顔をあげ、片目に報告した。さきほどといい、今といい、篠子になにかあったのだろうか？　考えてみると自死団事件の時も戸田典膳を前にして篠子は片目の命に従わなかった。感情的になると収まらない気質なのかもしれない。注意しておいた方がよさそうだ。

「公務に私情をはさむとは人形屋らしくもない。君は家族が死んでも任務を果たすと思っていたが」

「申し訳ありません。しかし身体がいうことをきかないのです。これでは任務を果たせません。他の隊員たちも同様です」

「身体が動かない？　毒気に当てられたにしては重症だ。まあ、一昨日、〝生ける屍〟を見て、昨日は氏家の猟奇趣味につきあわされたのだ。身体がいうことをきかなくなるのもいたしかたない」

片目はそう言ったが、予想していたように落ち着いている。

「僭越《せんえつ》ながらあたしにいい考えがあります」

二番隊の碧が手をあげた。

「なんだ？」

「氏家さんが死んでから駆けつけると、その死体が動かぬ証拠になってちょうどいいんじゃないですか？　死体は動かないから、これがほんとの動かぬ証拠、なんていって」

あまりにひどい提案に、あたしはあきれかえった。葛城も目を閉じて首を横に振っている。

「なっ、なにを言ってるの⁉」

あわてて籐子が碧の頭を押さえつける。

「碧の言葉は正確ではありません。氏家さまは、〝生ける屍〟になるのです。それから我らが駆けつけて賊を一網打尽にする。その後で苦しみを絶つために介錯《かいしゃく》してはいかがでしょう？　氏家さまには申し訳ありませんが、国体の礎《いしずえ》となれば本望ではないでしょうか？」

四番隊の京香が続けた。籐子が口をふさぐ。

あたしはいささか驚いた。女学生全員が、死んでお国のためになれと氏家に言うとは思わなかった。

「君たちは愉快だが、そうもいかん。私が特殊脳犯罪対策班の班長として範を見せよう。氏家を助けに行く」

そう言うと片目は包帯に手を掛けた。まさか、と思ったが、包帯をほどき出す。真っ白でいて眉と目の黒が妙に目立つ顔が現れた。まるで浄瑠璃《じょうるり》人形のように整っていて表情がない。篠子と人形女給兵団四天王が息を呑んで見つめる。

「次の命があるまで、涅槃喫茶でこの資料を読んでいろ。氏家の必要性を特高の上層部に説明した時のものだ」

そう言うとポケットから紙の束を取り出し、篠子に投げる。

「は、はい。しかし、無茶です。班長ひとりではいくらなんでも……」

篠子は片目の顔から目を離さずに答える。

「一騎当千の葛城がいる」

片目の声に葛城が、「おまかせください」と空元気で応じて笑ったが、そこは笑うとこじゃない。しらけた雰囲気が広がり、葛城もすぐに口を閉じた。

「差し出がましいようですが、よろしければお供いたします」

蓬莱が申し出た。

「蓬莱⁉　あなた行けるの？　三番隊も？」

おそらく戻ってきた時、籐子に三番隊が行けないことを目配せで伝えたのだろう。蓬莱が行けるとは籐子は思っていなかった。

「……三番隊は動きませぬ。私ひとりで参ります。命があれば死地にでも赴《おもむ》くのが務めと考えます」

蓬莱はそう言い、ふたりの視線がぶつかった。

「死地とは縁起の悪いことを言う」

葛城が豪快に笑ったが、他の誰も笑わなかった。

「眼鏡屋も来い。お前が蓬莱を助けるんだろう？」

片目が唐突にあたしを見た。思わず目をそらす。片目に予知のことがばれたとしか思えない。いったいなぜ？

「どういう意味でしょうか？」

蓬莱が射るような目であたしを見た。自分よりも格下の戦闘力しか持たないあたしに助けられるのは耐えがたい屈辱なのだろう。

「眼鏡屋はさっきそういう顔をしていたな」

片目の言葉に蓬莱は、

「バカにするな」

とあたしに向かって低い声でつぶやいた。あたしはなにも言っていないのに。言い返したかったが、今はなにも言えない。

それにしても片目はなにを考えているのだ。もともと氏家とそりの合わなかった篠子や京香を一緒に行動させて協力できないようにし、今度は蓬莱とあたしを仲違いさせようとした。特殊脳犯罪対策班をバラバラにしたいのか？


次に気がつくと、氏家は医師と向かい合って座っていた。周囲を見回すとさきほどと同じ倉庫の中だ。いつの間に椅子と机が運びこまれたのだろう？　目の前の医師は白衣に眼鏡をかけている。屍屋の手の者か、それとも外部から呼んだのかわからない。

「ここは私の診療所です。さきほどのお話だと、家の中に見知らぬ少年がいたということですね」

なんの話か全くわからないと思ったが、自分の家に突然少年が現れたので医師に相談したのだと思い出した。しかし、すぐに支離滅裂《しりめつれつ》だとわかる。自分はこの医師と会ったことはないし、ここで相談したこともない。

脳をいじられている感覚がある。どのような方法を使っているのかわからないが、自分は現在進行形で狂気を植え付けられているに違いない。人に狂気を植え付ける技があると聞いたことがある。屍屋の商品〝生ける屍〟はそうやって生み出されたものなのかもしれない。昨晩保護された少女のような〝生ける屍〟にするつもりだ。自分の容姿なら男でもよい買い手がつくだろう。やられてたまるか。

氏家の頭の中は混乱のきわみだった。正気と狂気が入り乱れて、現実と妄想の区別がつかなくなる。

「いたじゃないですか、先生もご覧になりましたよね？　先生が来た時、縁側におりましたでしょ？」

なにかを話すたびに新しく記憶が作られていくのがわかる。これは「目覚まし時計の矛《む》盾《じゅん》」だ。電車に遅れぬように走っていると、発車のベルが鳴り響いて焦る。目を覚ますと目覚まし時計が鳴っていたということがある。よく考えるとこれはおかしい。先に走っている夢を見て、その後目覚まし時計が鳴ったなどという偶然はめったにない。目覚まし時計の音を耳にした時に、それまで走っていた記憶が作られたのだ。

目の前にいる医師の誘導で氏家の記憶が作られていく。心の中で、この医師が自分の家を訪ねてきたことはないし、ましてや少年などいなかったと繰り返す。

「さて、どんな少年でしたっけ？」

医師はわざとらしく首をかしげて見せた。

「どんな……あんたも見ただろう？」

答えながら、これはなにかの診断なのかもしれない、と思った。おかしな質問をして、自分の反応を見ているのかもしれない。自分は見世物小屋で意識を失っているところを助け出されて治療を受けているという可能性もある。それなら、ちゃんとした常識的な答えをしなければいけない。

「いえ、見ましたよ。ただ、あなたが見た少年と私が見た少年が同じとは限りません」

医師は答えたが、言っている意味がわからない。

「いなくなるわけないでしょう」

氏家はふっと息子のことを思い出した。待て！ と氏家は自分で自分の思考を中断する。氏家には子供がいないし、結婚もしたことがない。ずっとひとり暮らしを続けている。

「そうだ。息子はいませんでしたか？ 息子がいないんです」

だが、心の中で息子の存在が大きくなってくる。勝手に思い出が作られてゆく。まるで思い出しているような錯覚に陥る。

「最後に息子さんを見たのはいつですか？」

「縁側で見ました」

「それは、見知らぬ少年じゃないんですか？」

「いや、息子がいなくなって、知らない少年が現れたんです」

「その少年はどこに現れましたか？」

「縁側です」

「最後に息子さんを見たのも縁側でしたね？」

「え？」

「いつ、その少年に気がつきました？」

「縁側で茶を飲んでいたら突然に現れたんです」

「おかしくありませんか？　急に現れるなんて芸当はできないでしょう。少年は最初からそこにいたんじゃないですか？」

「そんな、ええ？　だって、そこにいたのは、息子ですよ」

「そういうことじゃないんですか？」

医師が畳みかけるように言った。

氏家の頭の中でなにかが動いていた。変な感じだ。頭の中を蛇《へび》が這い回っているような気分だ。なにかを考えようとすると、ぞろりと蛇がのたうつ。その妙な感触が気になって、はっきりと考えることができない。

「わかりました。そういうことだったんですね。水をいただけますか？」

氏家はわかったフリをしてそう言った。そう言わないと、病人扱いされそうな気がした。そういうことって、どういうことだ？

「どうぞ」

医師がコップを氏家に渡した。なにかと思ったら水だという。そういえば水を欲しいと言った。だが、コップに入った水を目の前にすると、なぜ飲みたいと口にしたのかよく思い出せなかった。だが、水を飲まなければ、怪しまれるだろう。水を飲みたかった顔をして水を飲んだ。飲み終わると、気分が落ち着いた。してみると本当は喉《のど》が渇いていたのかもしれない。

「ところで、さきほどあなたの部屋から日記帳を拝借してきました。ちょっと気になることがあったので確認させていただくためです。無断でお借りして申し訳ありません」

医師は手に日記帳を持っていた。なぜ、そんなものを持ってきたんだろう？　と思ったが、なにか意味があるのだろう。見られて困る物があるわけでもない。いや、それ以前に日記帳など持っていない。

「……いいですよ」

氏家は用心しながら答えた。すると医師は困ったような笑みを浮かべた。なにか、おかしなことがあったのだろうか？　妙な間を置いてから医師は口を開いた。

「実は、さきほどから氏家さんに、同じことを四回お訊ねしています。そのたびに、記憶が飛んでいるようです」

一瞬、なにを言われたかわからなかった。

「すみません。なにをおっしゃっているのか、わからないのですが」

同じことを四回？　今初めて聞いた。それともなにか別のことを言っているんだろうか？

「では、ご説明しましょう」

医師は机の上に置いてあった紙を指さした。さっきまで、そんな紙はなかった。医師が紙を出した気配もなかった。手品を見ているようだ。

「いつの間に紙を用意したんですか？」

「さっき、あなたの目の前で紙を出しました。でも、あなたは、私が紙を出したことも、自分が書いた内容も記憶していないようですね」

その通りだ。そんなことは記憶にない。医師は氏家の反応を確認しながら、紙を見るよううながす。そこには特殊脳犯罪対策班員たちの名前が書いてあった。まさか自分が書いたのか？　と氏家は愕然とする。

医師の言うとおりだとすれば、氏家は医師の出した紙にみなの名前を書いたことになる。しかし、そんな記憶は全くない。氏家の記憶が正しければ、医師は日記帳の質問をした後で手品のように紙を出して見せたことになる。それも不自然だ。診察中に手品をする意味がわからない。どちらにしてもおかしい。いや、おかしいのは自分の認知かもしれない。氏家は混乱しつつも、これは罠だと考えていた。薬で意識を朦朧《もうろう》とさせ、まともな判断ができないうちに特殊脳犯罪対策班の情報を訊き出そうという魂胆に相違ない。

「憶《おぼ》えていません」

とりあえず自分の記憶に従って答えた。

「あなたが自分でその名前を書いたんです。その後で私が息子さんについてある質問をしたために、記憶が飛んだのです」

息子に関するある質問？　なんのことだ。

「そんなバカな……」

そんな簡単に記憶がなくなるなんて信じられない。

「まあ、まずご説明しましょう」

医師は、特殊脳犯罪対策班の名前を指でなぞりながら、どのようなタイミングで記憶をなくしたか、わかりやすく話してくれた。話としては理解できた。しかし、質問されただけで、記憶が飛ぶなどということが信じられない。

「そうは言われてもにわかには信じられません」

「しかしこの紙がなによりの証拠でしょう？」

医師は紙を指さした。手品のように突然現れた紙。手品でなければ記憶がおかしいのだ。完全に相手の術中《じゅっちゅう》にはまっている。

「前から用意していたものを出した可能性もあるだろう」

「どれくらいの時間、診察を受けていると思いますか？」

医師は突然質問を変え、氏家は目眩を感じた。ふっと少しだけ意識が薄くなったような気がする。しっかりしろ、と自分に言い聞かせた。ここで倒れてしまったら、妻や子供はどうなるんだ。子供？　そうだ。息子はどうしたんだ？　いや、まず質問に答えよう。

「ええと、二十分くらい前です」

答えると医師は無言で首を振った。

「違います。すでに四十分以上経過しています。あなたに残っている記憶では二十分くらいしかないと思いますが、実際には四十分以上経っています。わかっていただけましたか？」

医師は図を指し示しながら解説した。医師がウソをついている可能性もあるが、自分の記憶の異常と思った方が筋が通る。自分の記憶は、おかしくなってしまったんだ。腹の底から全身にじわじわと不安が浸みてくるのを感じた。

いや、待て、本当にそうだろうか？　医師が騙すつもりでウソを言っていたとしたら、自分が正常だという解釈もできるはずだ。じゃあ、なんでこの医師は自分を騙そうとするんだろう？　そうだ。屍屋に捕まったのだから、この医師も屍屋の仲間に違いない。なにか訊き出したいことがあるから、正気を失わせて訊き出そうとしている。そもそもなぜ肝心の息子や妻の話をしてくれないんだ。また思考が乱れた。気をつけなければいけない。

もしかするとこの医師は財産を狙っているのかもしれないと思った。そうするとつじつまが合うような気がした。自分たち家族を監禁した上で、じっくり洗脳して銀行預金や不動産を取り上げるつもりだ。

いや、待て。おかしいぞ。思い出せ、自分には家族はいない。ひとり暮らしだ。財産もろくにない。

気がつくと氏家は暗い倉庫の床に倒れていた。医師もおらず、椅子も机もない。さきほどの会話は夢だったのかもしれないと思う。薬か？　催眠術か？　とにかく記憶や認識やいろんなものがおかしくなってきている。

――オレ様の正気力と知性が試されているのだ。

氏家は上半身を起こし、あぐらをかく。書く物がないかと服を調べたが、ふだん持ち歩いている手帳やペンは消えていた。身体をひっかいて血で床に書くことも考えたが、痛そうなので止めた。

氏家は自分の名前を確認するところから始めた。

――氏家翔太。それがオレの名前だ。

比較的裕福な商人の家に生まれ、子供の頃から端整な容姿と明晰な頭脳に恵まれた。なにも不足のない生活。だからすぐに飽きた。学問も運動もおもしろくない。性に興味を持つようになってからは、使用人の女やその娘に手を出した。嫌がる女に暴力を振るいながら犯すのは最高に楽しかった。だが、それもすぐに飽き、いつの間にか性交と暴力の優先度が逆転した。性交はしょせん性器だけの話に留まるが、暴力は多様だ。殴る、蹴る、縛る、絞める、切る、刺す、埋める、溺れさせる、潰す。これは飽きない楽しみだと気づいた。

飽きない代わりにより強い刺激を求めるようになる。最初は殴るだけで満足していたのが、蹴り縛るようになり、首を絞め、縊死《いし》させるようになる。あるいは腕や脚を切り落とすようになる。人間の絶望とぎりぎりの感情はたまらなく官能的だ。

これこそが自分が求めていたものだと思い、学生時代は勉強と暴虐に明け暮れた。おもしろいもので学生だと言うと信用する人間が驚くほど多い。そうやって少女を拐《かどわ》かして責め殺す。

幸い誰にも気づかれることなく、大学を卒業し、親の商売を手伝うようになった。同期には官憲になったものが多かったが、そんな仕事をしていては人殺しに差《さ》し障《さわ》りが出る。ある程度自由に時間を使える仕事しかしたくなかった。

ひととおり商売の内容を学ぶと両親と妹を殺した。さらに自由に金を使えるようにするためだ。家族がいなければ自分の身代で財産を使い切ってしまっても誰も文句を言わない。どうせ殺すのだからと時間をかけてなぶり殺した。この機会を逃すと近親相姦《きんしんそうかん》できなくなるので母親を強姦した。泣きわめき、半狂乱になった様子を見るのは愉快だったが、あまり快感はなかった。最後まで、「なぜ」と理由を知りたがったが、そんなことは氏家にもわからない。たまらなく楽しいからそうしているだけで、それ以上も以下もない。母親には恨みがあったわけではない。親孝行をしたことだってあるし、喜ぶ母を見るのは嫌ではない。しかし瀕死《ひんし》になり、犯されながら狂ったように泣き叫ぶ母の姿の方が見ていて楽しい。

「貞淑《ていしゅく》でやさしいあなたより、陵辱に泣き叫び狂うあなたの方がよっぽど素敵です。まことあなたは理想の母親だ」

氏家はそう言って母親を絞殺した。

妹は気丈にも最後まで頑《がん》として泣き言を言わなかったのでかなり楽しめた。目の前で父親の解体ショーをした時は、血の涙を流しながらずっと氏家を罵《のの》り続けた。それがあまりにおもしろいので、父親の両眼をえぐって妹の口に押し込むと思った通りに、全身を震わせて半狂乱になった。いまだに思い出すと笑いが止まらなくなる。

両手と両脚を切断した時の妹の顔はたまらなく淫靡だった。苦痛と絶望に気が触れそうになった時のぎりぎりの表情ほど愛しいものはない。すぐには死なないように手当てし、それから何度も犯した。数日すると切断した箇所が腐り出して悪臭を放つようになったので、母屋から少し離れたところにある蔵に運んで死んでゆくのを観察し、時々ネズミに身体を囓《かじ》らせたりして遊んだ。

「たとえこの身が朽ちようとも、この恨みでお前の脳を腐らせる。恐怖と狂気に苛《さいな》まれて無間地獄に堕ちるがいい」

妹の最期の言葉だ。よくあの状態で正気を保っていられたものだと思う。あれほど充実した数日はなかったと今でも氏家は思う。やはり肉親というものには特別な愛着があったのだろう。

両親と妹が失踪した事件は新聞でも取り上げられたが、結局死体も犯人も見つからず迷宮入りとなった。警察などぼんくらの集まりだ。恐れるものなどなにもないと本気で思っていた。

その後も商売を続けつつ、夜陰に乗じて悪行を楽しんでいた。入念に計画したおかげで誰にも気づかれることはなかった。事件のいくつかでは氏家以外の者が犯人として捕まって処刑されたくらいだ。本当に愉快だった。

死と血に祝福された最高の人生だと思っていた、片目に会うまでは。

片目はこれまでの犯罪を不問にする代わりに特殊脳犯罪対策班に参加することを要求してきた。この男には逆らっても無駄だということはすぐにわかった。殺すか従うかしかない。氏家は従うことを選んだ。

そしていくつかの事件に駆り出され、罠にはまってこの有様だ。いったいどこから罠にはまっていたのだろう？　見世物小屋と本屋は妄想なのか、それとも本当にあったことなのか？　あの医師は？

何度やっても緊張する。屍屋をたばねる小野瀬《おのせ》貞志《ただし》は深呼吸した。屍屋は、彼が『籠目』を手に入れたことから始まった。『籠目』は、ひとりの少女が実の両親に娼館に売られ、苦痛と絶望の中で死に喜びを見いだしてゆく物語だ。籠とは娼館あるいは人生そのものを意味し、そこを出ることは死ぬことを意味する。毎夜、少女は客に抱かれるが、そのたびに死にかける。ある者は少女の首を絞め、ある者は激しく殴打し、ある者は身体中を切りつける。夜毎に訪れる瀕死に甘美な救いを見いだし、じょじょに死と共棲《きょうせい》するようになり、見世物小屋で最期の時を迎える。

耐性のない者が『籠目』を読めば嫌悪や目眩を覚える。それでも読み続けると、精神に変調をきたし、作中の少女と同一化して〝生ける屍〟となる。特に見世物小屋の異様な光景を見せた後ならかかりやすくなる。だから狙った相手に『籠目』を読ませることができればほぼ目的は達成したようなものだが、相手によっては狂気と正気の狭間で踏みとどまる者もいる。氏家や特殊脳犯罪対策班に保護された少女の場合がそうだ。不安定で認知や記憶に問題が起きているが、かろうじて踏みとどまっている。そこを狂気の向こうに突き落とさなければならない。そのための「診察」だ。白衣をまとい医師のふりをして相手の正気をゆさぶり、破壊する。だが、その前に氏家からは特殊脳犯罪対策班の情報を引き出さなければならない。どこまでなにを知っているのか。そもそも本気で屍屋を潰すつもりなのか。

暗い鉄の倉庫の中で小野瀬貞志は机を挟んで氏家翔太と向かい合った。

「気分はいかがですか？」

小野瀬が氏家に話しかけると、氏家は小野瀬がそこにいることに初めて気がついたような表情を浮かべた。

「だいぶ落ち着いた」

はっきりと短く答える。よくない傾向だ。正気にすがっている。

「くわしいお話は、おいおいおうかがいするとして、基本的な確認から始めてよろしいですか？」

完全に氏家は自分のことを医師だと思っている。小野瀬は安心した。もちろん小野瀬は医師ではなく屍屋の幹部だ。活動を妨害する特殊脳犯罪対策班がどこまで情報をつかんでいるのか、場合によっては返り討ちすることも含めて考えなければならない。

「かまわない」

「お名前と年齢を教えてください」

「氏家翔太、二十八歳」

「ご家族の構成とお名前、年齢を教えてください」

「家族はいない」

「息子さんは十二歳でしたね？」

わざと答えと異なることを訊ねると、氏家が困惑した表情を浮かべる。思骸屋で焚《た》いたお香と読めば気が触れる本、それに見世物小屋の常軌を逸した演し物とひそかに飲ませた薬のおかげで氏家は朦朧としているだけでなく記憶が混濁している。さらに錯乱させて情報を引き出す。

「子供はいないと言っただろう」

「同じ年ではないんですか？」

「同じ年？　誰と誰が？」

「息子さんと娘さんです」

「うちには、娘はいない。私と息子で暮らしている」

氏家は、はっきりした口調で答えた。

「息子さんは、縁側にいらした方ですね」

「はい」

氏家が答えた。おそらくなにも考えずに答えている。そんな記憶はない。そもそも子供がいないのだから。

「息子さんは縁側にいた少年ですね」

「はい、さっきはなんで他人だなんて思ったのか、全くわからん」

「認識を歪められてしまったのだと思います」

「どういう意味だ？」

「特殊脳犯罪対策班でいろいろな資料を読まされたでしょう？　世の中には、読むと認識に偏りを与える文章というものが存在します。宗教の教典や思想書を例に取るとわかりやすいでしょう。読むとひとつの世界観に従って世の中を解釈することができるようになります。今まで当たり前だと思っていたことが、ひどく罪深いことだと感じるように変わったりします。これが、文章のもたらす認識の偏りです。人間は多かれ少なかれ、なんらかの偏りを持っているのが普通です。ただ、今回のように極端な偏りになると重度の意思疎通障害や記憶の改竄《かいざん》などが生じてしまい、日常生活に不都合が出てきてしまいます。特殊脳犯罪対策班は最初に班員を資料で洗脳しているのです。あなたは大事なことがわからなくなっている」

医師の説明に氏家はうなずいたが、顔には疑わしげな表情が浮かんでいる。半信半疑といった様子だ。

「もしかして思骸屋の本もそういう類のものか？」

「あなたがどんな本を読んだかはわかりませんが、おそらくはそうでしょう。その本を読んだせいで、特殊脳犯罪対策班の洗脳が少し解けていろいろなことがわかるようになったのです」

「なるほど、合点がいった」

小野瀬は懐から紙を取り出して机に置く。

「事態は急を要します。早く他の方々の洗脳も解いてあげないと大変なことになる。いいように特高に使い捨てられる」

医師は再び氏家に向き直ると訊ねた。

「他の方の名前を書いてください」

そう言って氏家にペンを渡すと、一瞬ためらったのちに書き始めた。特殊脳犯罪対策班のうち何人かはすでに把握している。片目金之助、人形屋篠子は有名だ。その他はあまり知られていないし、全部で何人いるかもわかっていない。

「人形女給兵団は団長しかわからん」

氏家がペンを止めた。

「それでも結構。全体で何人いるんですか?」

「人形女給兵団は団長の他に四天王がそれぞれ百名近くを率いていると聞いている。だから全部で四百人余りいる計算になる」

小野瀬は思わず訊き返しそうになった。予想していたよりもはるかに多い。せいぜい十数名と踏んでいたが、四百名余りとなるとまともに戦っては勝ち目がない。やはり分断し、仲間割れさせ自壊するように仕向けるのが得策だ。思骸屋では、わざと氏家が人形女給兵団のふたりと仲違いするように仕向けた。あれと同じことを少しずつ行い、主要な者を孤立させ拉致して洗脳してゆこう。

「オレはなぜここにいる？　あんたは誰だ？」

氏家が首を振りながら小野瀬を見た。どうやら脳の違う回路がつながったらしい。ついさきほどまで話していたことも覚えていないだろう。

「ここは私の診療所です。さきほどのお話だと、家の中に見知らぬ少年がいたということですね」

小野瀬は微笑みを浮かべて答える。脈絡がなく絶対に答えられない質問を仕掛ける。

「いたじゃないですか、先生もご覧になりましたよね？　先生が来た時、縁側におりましたでしょ？」

それでも答えてくる時は、つじつまを合わせようとして氏家の脳が記憶をねつ造しているのだ。いい傾向だ。うまい具合に他の記憶と交ざったようだ。縁側にいたなんてなぜ思いついたのだろう。

「さて、どんな少年でしたっけ？」

医師はわざとらしく首をかしげて見せた。

「どんな……あんたも見ただろう？」

「いえ、見ましたよ。ただ、あなたが見た少年と私が見た少年が同じとは限りません」

「いなくなるわけないでしょう」

「そうだ。息子はいませんでしたか？　息子がいないんです」

「最後に息子さんを見たのはいつですか？」

「縁側で見ました」

「それは、見知らぬ少年じゃないんですか？」

「いや、息子がいなくなって、知らない少年が現れたんです」

小野瀬は笑いだしたくなるのを必死でこらえた。悪魔のように頭が切れるはずの氏家もこうなったら怖くない。記憶も認知も壊れている。自壊し始めたら〝生ける屍〟にするのは簡単だ。自分で自分の記憶と認知を信用できなくなり、全てを疑うようになる。自分はどこにいるのか？　目の前の人間は誰なのか？　そして自分の名前や来歴まで疑うようになり、精神が崩壊する。その前にできるだけの情報を引き出しておきたい。

数分ほど話をすると、氏家は唐突に
「オレはなぜここにいる？　あんたは誰だ？」

と言い出した。

小野瀬は根気よく同じ説明を繰り返し、特殊脳犯罪対策班の班員の名前や目的をできるだけ訊き出そうとした。だが、さきほど以上の情報を得ることはできなかった。

小野瀬はあきらめ、

「おやすみなさい」

と氏家に声をかける。それが合図だったようで氏家は意識を失った。

想像していたよりも特殊脳犯罪対策班はやっかいな相手のようだ。『籠目』を譲ってくださった方のためにも、できるだけ情報を訊き出しておきたい。できることなら叩き潰してやりたいが、そこまでは自分だけの力では無理だ。


氏家の足取りを追うと言ったものの、片目はなにもせずにただ座っている。おかげで葛城、蓬萊、あたしはぼんやりと片目の素顔をながめているだけだ。整ってはいるけど、好きにはなれない顔。人を寄せ付けない雰囲気がある。作りモノのようだ。

「班長。あのー、聞き込みをしたり、足取り追ったりしなくていいんでしょうか？」

葛城がおずおずと片目に質問した。

「氏家は囮にされたことを知っているのだから、連絡を寄こすだろう。それを待っている」

「お言葉ですが、拉致監禁されていたら連絡は難しいと思います」

片目は答えない。片目は氏家の類い希な頭脳に期待しているのだろうとあたしは思った。どのような状況でも必ず連絡してくるという信頼と自信があるのだ。だが、それも状況次第だ。深手を追っていたら連絡もままならないだろう。

ノックの音がした。

「入れ」

片目がすぐに答える。班員ならノックはしない。誰だ？　と思って見ていると入ってきたのは女給だった。おそらく涅槃喫茶で働いている人形女給兵団のひとりだ。

「青島解脱からの伝言です。不審なふたりの男が癲狂新聞の既刊を買いに来ました」

ぺこりと頭を下げ、はっきりした声で片目に報告した。なぜそんなことを伝えに来るのかと思ったが、片目はうなずき唇の端をあげた。

「解脱にはふだんと違うことがあったらすぐに知らせるように伝えておいた。今のは氏家からの伝言だ」

片目はそう言い、女給に「戻っていい」と指示する。女給はもう一度頭を下げ、走り去った。

「眼鏡屋と葛城は不審な二人組の後をつけろ。我らも少し遅れて後を追う」

「はい」

「私が尾行します」

蓬莱が腰を浮かしたが、片目は首を横に振った。

「君はダメだ。目立ちすぎる」

「そりゃ、そうだ」

葛城が笑ったが、他の者はあきれた視線を向けた。笑うとこじゃない。

「承知しました。葛城さん、行きましょう」

あたしは返事を待たずに走り出した。急がなければ二人組が店を出てしまう。

明治時代には帝都の各所に新聞縦覧所があった。各種の新聞を読むことのできる場所だ。さまざまな新聞が発行されていても、それを買い求められる場所が限られていたから、まとめて新聞を読むことができる新聞縦覧所は重宝された。公園やカフェなどが新聞縦覧所になった。新聞販売網の広がりとともにじょじょにその数は減っていったが、大正初期にはまだ残っていた。涅槃喫茶もそのひとつで、『癲狂新聞』の全てをそろえていることが自慢だった。


涅槃喫茶の倉庫まで続く地下道を走っていると葛城が追いついてきた。涅槃喫茶の倉庫から外に出た。店には入らず、外から店の中の様子をうかがう。

「そうおっしゃられても、そのような特集はございませんので」

青島の声だ。

「知り合いがひどくおもしろいと言っていたのだ。念のため、もう一度探してもらえないだろうか？」

「左様ですか……じゃあもう一度だけ調べてみます。特集の題名はこちらで合っていますね？」

「間違いない」

ありもしない特集号を探しているせいで時間を食っているようだ。ちょうどよかった。しばらくすると片目と蓬莱もやってきて、離れた場所で目立たぬように立ち話を始めた。片目はいつもの銀色の服ではなくグレイのスーツをまとっている。さすがに目立ちすぎるから着替えたのだろう。あのふたりがなにを話しているのか気になったが、そんなことに気を取られている余裕はなかった。片目は蓬莱が止めるのもかまわずに堂々と中に入って行った。

窓からそれとなく中をのぞくと片目が籐子や京香と話している様子が見えた。ハンチングを被ったくすんだ色の和装の男がふたり、中央のカウンターを挟んで青島と話をしている。顔はよくわからないが、あれが屍屋の手の者なのだろう。服装や特徴を頭にたたき込む。

ややあってふたりは店を出てきた。やはり目当ての新聞は見つからなかったらしい。ぶつぶつ話しながら歩いて行く。葛城とあたしは目立たぬように尾行を開始した。幸い、このへんは人通りが多く尾行に気づかれにくい。時折振り返ると片目と蓬莱も後をついてきているのが見えた。

男たちはひたすら東へと進む。

「このまま進むと永代橋《えいたいばし》です」

あたしは葛城にささやいた。帝都の地理はだいたい頭に入っている。永代橋は隅田川にかかる橋で、江戸時代綱吉公《つなよしこう》の治世の時にかけられた。その後、落橋し、明治時代に再び日本初の鉄の橋が完成し、路面電車も走るようになった。

東京は川の街だ。隅田川や多摩川とその支流がいたるところを流れている。川は道路と並ぶ重要な交通路であり、蒸気船を使って人間や貨物を運んでいる。あたしも何度も船に乗った。桜の季節の隅田川は圧巻だ。舞い乱れる桜の中を船で進むと、水鳥たちが羽ばたく。夜に月明かりで見る川辺の桜は不安なくらいに妖艶《ようえん》だった。

橋が見えてくると、男たちは橋には向かわず、隅田川の川縁《かわべり》へと下りてゆく。このまま行けば川だ。ということは、川縁に敵の本拠があることになる。

河川敷に巨大な倉庫のような建物があるのが見えた。無骨な四角い建物はどこが正面かわからない。

周囲にはただ雑草が生えているだけで、離れたところを進む一銭蒸気が見えるくらいだ。隅田川の永代橋と吾妻橋《あずまばし》の間を航行する小型の蒸気船で、一区間の料金が一銭だったことから一銭蒸気と呼ばれた。エンジンの音からポンポン蒸気と呼ばれることもある。

男ふたりは、その建物の扉を開くと中に入って行った。あたしたちは少し離れた橋桁の裏に姿を隠した。

「なるほど、川を使って移動していたのだな。それなら一度に何人も拐《かどわ》かして運べる」

葛城がうなずく。

「このものものしい様子から見て、ここが屍屋の根城でしょう」

あたしがそう言うと、後ろから片目と蓬萊がやってきた。

「愛すべき仲間である氏家翔太くんがとらわれているのだ。一刻の猶予もない。踏み込むぞ」

いつの間にか片目は包帯を巻いていた。

「待ってください。相手の人数も装備もわからないし、氏家さんが本当にここにいるかすらわからないんです。こっそり忍び込んで調べた方が得策かと思います。とりあえず氏家さんだけ助け出せばいいわけですし」

あたしはあわてて進言した。

「一網打尽にする絶好の機会だぞ。氏家だけ助け出したら相手は逃げてしまう」

「それはそうですが、この人数では心もとありません」

「いずれにしても、まずは私が様子をうかがって参ります」

蓬萊はそう言うと返事を待たずに草むらに姿を隠すようにして建物に近づき、壁に身を寄せ、入り口に手を掛ける。

「蓬萊！　気をつけろ！」

その時、片目が大声を出した。声に反応して建物の扉が開く。蓬萊が振り向くと同時に片目は走り出した。

「君らも急げ、蓬莱が危ないぞ」

危なくしたのは自分だろうと突っ込むこともできなかった。なぜこんな自殺行為をするのか理解できない。

扉が開くと作務衣《さむえ》姿の男たちが、数人飛び出してきた。無言で蓬莱とこちらの様子を見ている。

「なにをしている。中に踏み込むぞ」

片目はすたすたと中へ入ろうとする。敵も味方もあっけにとられ、片目が進むのを見ている。

「邪魔だてすると撃つ」

そう言って拳銃をかざし、中に入り、天井に向けて一発撃った。その音で、建物の中から「何事だ！」という叫び声が聞こえる。最悪だ。この少人数でそんな大騒ぎを起こしてどうしようと言うのだ。

警察官で銃を携行している者はごくわずか。ほとんどはサーベルだけだ。特殊脳犯罪対策班のメンバーが希望すれば銃の携行および発砲を許可されているのは異例中の異例。特高の中でも特別扱いに不平を漏らす者は多かった。こんなところで無駄撃ちするなど信じられない。

「眼鏡屋、後ろだ」

葛城の声で振り向くと後ろからも敵が迫ってきていた。おそらく裏口から出てきたのだろう。あたしたちは退路を塞がれ囲まれた。やむをえず、片目に続いて倉庫の中に入る。中はがらんとしており、数台の大八車と木箱が乱雑に置かれていた。正面にさらに奥への扉がひとつあり、そこからぞろぞろと敵がやってくる。

「班長、ここはいったん引きましょう。退路を確保します」

葛城が後ろの敵に向かおうとすると、片目が振り向いた。

「バカを言うな。そんな雑魚は後で片付ければいい。氏家を助けるぞ」

そう言って前に出ようとする。

「なめるな!」

ひとりが片目に斬りかかった。片目は拳銃を撃ったが、見事にはずれた。蓬莱がとっさに投げた苦無《くない》が首に命中し、相手はもんどりうって倒れた。

「お気を付けください」

蓬莱が静かに諭《さと》す。

「その調子で頼む」

片目は平然としている。ざっと見ても周囲には十数人はいる。建物の奥にはまだいるに違いない。背後の敵を倒して逃げる以外の選択肢はない。片目はいったいなにを考えているのだ。

氏家は考え続けていた。いったい自分はなんのためにここに連れて来られたのだろう？
・情報を入手する
・人質にする
・見せしめにする
・商品として売る
「見せしめにする」と「商品として売る」は、情報を入手したり、人質として利用した後にも可能だし、それだけが目的ならすぐに実行するだろう。ということは目的は前のふたつに絞られる。

特殊脳犯罪対策班のことを多少とも知っていれば、片目に人質などという甘っちょろい交渉が通じないのはわかるはずだ。つまり、情報を入手したいのだろう。

完全に頭がいかれてしまう前に、相手にニセの情報を渡して相手を操らなければならない。おそらく自力で逃げ出すのは無理だ。まともな見当識がない。片目に自分の居場所を伝えて助けに来てもらう必要がある。その時、自分を囮にすると言った片目の言葉が浮かんできた。まんまと片目の思う壺にはまっている。

食えない野郎だと思うが、期待に添えるよう囮としてこの位置を知らせなければならない。業腹《ごうはら》だが、やらねば自分は発狂させられてなぶり殺しだ。さんざん他人にしてきたことだが、自分がやられるのはご免蒙《めんこうむ》りたい。

しかし屍屋もバカではない。そう簡単に特殊脳犯罪対策班に情報が伝わるようなヘマはしないだろう。自然でなおかつなんらかの形で特殊脳犯罪対策班に接触しなければならないうまい理由……あった。

片目からの指示が癲狂新聞に符牒《ふちょう》で書いてあることにしよう。癲狂新聞の既刊は涅槃喫茶にしかない。あいつらは涅槃喫茶に既刊を買いに行き、青島解脱に訊ねるに違いない。わざと存在しない癲狂新聞の特集号をあいつらに教えておこう。解脱ならきっと不審に思うはず、片目にそれを伝えてくれれば自分からの伝言だとわかるだろう。

ふと氏家は青葉屋のみそまんを食べたくなった。


葛城は自責の念にとらわれていた。恐れていたことが起きてしまった。特殊脳犯罪対策班の構成員は大きくふたつに分けられる。ひとつは片目、氏家、蓬萊の三名。もうひとつは自分と籐子および三人の人形女給兵団の隊長だ。前者は片目が選び、後者は花鳥と人形屋が選んだ。班が発足した時からぎくしゃくしたところはあったが、時間とともに互いのことがわかり、少しずつ協力し合えるようになってきた。その一方で片目と籐子の関係は悪化していた。

そもそも人形女給兵団を籐子が管掌していることに無理があるのだ。生い立ちは籐子を慕う者が集まったものだとしても、活動費は特高から出ているし、人数も戦闘力も少女ひとりが束ねていける規模ではない。さらに問題なのは篠子は自分で管理できていると考えているところだ。そもそも篠子の人気も、先代の人形屋の人気があったからだ。

人形女給兵団の隊長や隊員に社会の常識を教え、躾《しつ》けているのは青島解脱だ。兵団発足時はどの隊長も武道はできても実戦の経験が少なく、捕り物のたびにぼろぼろになった。それを慰《なぐさ》め、よりよい立ち居振る舞いを教えたのは青島だった。そして篠子が采配をうまく振れない時は片目が代わって指示を行っている。篠子はそのどちらも気づいていない。むしろ片目が勝手に指示を出していると不満に思っている節もある。

特殊脳犯罪対策班を人形女給兵団で支えているくらいに考えている。増長し、片目との関係が悪化しなければよいと思っていた矢先に、この事件だ。篠子と人形女給兵団は、片目と袂を分かってしまった。もっと早くに自分が関係修復に向けて篠子を諭すなり、片目に話をするなりしておくべきだった。自死団事件の時、戸田典膳を前に片目と篠子が言い争った時点で手を打たなければならなかったのだ。

言い方は悪いが、篠子は増長している。おそらく生真面目すぎるのだ。祖父の名を汚すまいとして必要以上にがんばっている。人形女給兵団も自分から始めたことではないのに、成り行きで引き受けることになって困っているのかもしれない。だが、己の未熟さを認識してもらわなければ成長はないし、特殊脳犯罪対策班の一員としてやってゆくことにも無理が出てくるだろう。年長者である自分がもっと理解し助けるべきだった。

「葛城さん」

蓬萊の声で我に返った。一瞬でも気を抜いてはいけない。

「すまん」

完全に囲まれているうえ、敵はまだまだ増えそうだ。よけいなことを考えている場合ではない。


あたしたちは入り口近くの壁を背にして、三方からの敵と戦っていた。相手の数はさらに増えた。少なく見積もっても二、三十人はいる。よほど運がよくなければ助からない。それにしてもなぜ片目はわざと窮地《きゅうち》に陥るようなことをしたのだろう。

「銃は不得手だ。君は訓練を受けているだろう。頼んだ。残りは四発だ」

片目はそう言うと、懐から銃を抜いてあたしに渡した。特殊脳犯罪対策班への配属が決まった時に銃の訓練を受けたが、得意というわけではない。とはいえ、ここに至ってはやるしかない。

片目は壁に背をもたれてのんきに戦闘を見物しており、あたしはそれをかばうように前に立って近づく者を銃で撃つ。さらに少し離れた前方に葛城と蓬萊がおり、次々と敵を倒している。あらためてあのふたりの強さを思い知った。

蓬萊は素早く立ち回り錐刀で相手の急所を刺してゆく。葛城は相手から奪った刀で次々と相手を切り伏せる。相手が刀で受けても、そのまま葛城に刀を押し込まれる。それをしながら、近づく相手に蹴りまで繰り出している。八方目というヤツだ。周囲の状況を常に把握し、臨機応変に戦っている。

ひとりが葛城の傍らを低い姿勢で転がってすり抜けてきた。はっとして銃を向け引き金を引いたが、カチンと乾いた音がした。しまった弾切れだ。いや、おかしい。あたしの計算だともう一発あるはずなのに。

「そろそろ弾がなくなると思ったんだよ」

あたしは懐から自分の銃を抜いたが、それよりも相手の刀が早かった。鋭い突きをあたしに向けて繰り出した。避《よ》けられない。

「そうはさせん」

葛城は怒鳴り声とともに相手の襟首《えりくび》をつかみ、そのまま引き倒すとみぞおちを踏みつけた。たまらず相手は意識を失う。

「大丈夫か？」

葛城の後ろから斬りかかってくる白刃が見えた。

「後ろ！」

あたしが叫ぶと葛城はとっさにかわしたが、左腕に刃を受けて葛城はよろめいた。

「葛城丈太郎には、これしきかすり傷」

そう叫ぶと倒れた男の刀を拾って振り向きざま相手の腹部を突き、脚で蹴飛ばす。相手はそのまま後ろに倒れ、腹を押さえてのたうつ。葛城は左腕から大量に出血し、床にぼたぼたと血が落ちる。

「葛城さん！　腕が……」

出血量から見て軽傷ではない。あたしのせいだ。記憶力が取り柄なのに、残弾数を間違えるなんて言い訳のしようもない。

「気にするな。葛城丈太郎は不死身だ」

そう言うと豪放磊落《ごうほうらいらく》に笑う。助けてもらって恐縮だが、そこは笑うところじゃない。

「身を挺して仲間を助けるとは、さすが葛城だ」

片目は完全に他人事だ、もともとこんなことになったのは片目のせいなのに、とあたしは唇を噛んだ。

その時、銃声が響き、蓬莱が倒れるのが見えた。すぐに立ち上がるが、右肩から出血している。そこに葛城が駆け寄る。敵がふたりを取り囲み、あたしからはよく見えなくなる。

「これはダメかもしれんな」

片目が他人事のようにつぶやいた。片目とあたしはふたりから分断された。幸い敵は葛城と蓬莱に気を取られてこちらには誰も来ない。

「片目さん、なんで落ち着いてるんですか⁉　こういう時こそ、その頭脳を生かしてください」

「ここは葛城と蓬莱に頼るしかない。それがダメなら我らは終わりだ」

平然としている。死ぬかもしれないというのにこの落ち着きはどういうことだ？

「なぜ平気なんです？　なにか秘策があるのですか？」

「秘策ならある。ここは空気が悪い。外に出よう」

片目はそう言うと前に歩き出した。目の前では、敵の一団が葛城と蓬莱を襲おうとしているところだ。倉庫の出入り口は、その向こう。片目はかまわず敵の集団に近づく。

「ちょ、ちょっと待ってください」

あたしはあわてて片目を止めようとした。平然としているのではなく錯乱して正常な判断ができないのかもしれない。ふだん沈着冷静な人間ほど一線を越えると脆《もろ》い。

「諸君。荒事は私の仕事ではないので、外の空気を吸いたい。道を空けてくれたまえ」

片目の声で屍屋の一団が全員、片目とあたしを振り返った。一瞬、あきれた顔をし、すぐさま襲いかかろうとする。飛び出そうとする蓬莱を葛城が止める。

「オレがあいつらの前に出る。君は片目さんのそばについていてくれ」

蓬莱は一瞬目を見開いて葛城を見る。

「ありがとうございます」

「特殊脳犯罪対策班の葛城丈太郎。国体の護持のためこの身を奉じる」

葛城は囲いを解いた敵に向かって大声で叫ぶと片目に襲いかかろうとしていた数人に切りつける。その隙に、蓬莱は回り込み、かばうように片目の前に立った。

「さすがの葛城もそろそろ疲れてくるだろう」

片目は完全に他人事だ。

「こちらです」

葛城が敵を引きつけている隙に蓬莱が片目を倉庫の出口に先導しようとするが、動こうとしない。

「片目さま！」

斬り合いの時でも声を荒らげることのない蓬莱が甲高い声をあげた。

「我らはあいつらを一網打尽にすべくやってきたのだ。逃げるのはおかしいだろ」

この状況でなにを言っているのだ。さっきまで外の空気を吸いたいと言っていたのは自分ではないのか？

そんなことをしている間にたちまち囲まれた。

「私が血路を開きますので逃げてください」

蓬莱の声と同時にふたりの敵が顔を覆って倒れる。それに気を取られた隙に蓬莱は滑るようにひとりまたひとりと倒してゆく。三人目の首筋に錐刀を刺した時、相手が蓬莱の手首をつかんだ。とっさに錐刀を手放して離れる。そのわずかな隙に蓬莱の後ろにいた男が切りつけた。右腕を押さえて蓬莱が床に転がる。それを狙ってナイフが飛ぶ。かろうじて致命傷を避けたものの身体のあちこちに小刀を受けた。

蓬莱はふらつきながらも立ち上がった。全身から血を滴らせ、顔面蒼白ではあるが、目は死んでいない。

「ここで果てるとも一片の悔いもありません。蓬莱は片目さまへの愛に殉じます」

ここだ。蓬莱を止めなければならない。あたしは叫び、そしてすぐに叫んだだけでは止められなかったことを思い出した。だが、ここから蓬莱のところまでは距離があるし、腕ずくで止められる状況ではない。どうすれば……あたしは片目の頭に銃をつきつけた。

「戻って！　さもなくば片目さんを殺す」

あたしが叫ぶと蓬莱は振り向き、信じられないという目つきをしたが、すぐに踵《きびす》を返して戻った。次の瞬間、銃声が響き、蓬莱がいた場所に着弾した。蓬莱を追って敵が迫る。

あたしはすぐに片目の頭に当てた拳銃をおろした。蓬莱が燃えるような目であたしをにらみ、錐刀を喉に当てた。

「貴様、気が触れたのか？」

喉に錐刀の先端が食い込み、痛みが走った。ぬるりとしたものが喉から胸へと広がる。

蓬莱のすぐ後ろにはもう敵が迫っている。

「仲間割れをしている場合ではない。眼鏡屋の判断は正しい」

片目が袖が切れてむき出しになった蓬莱の腕に軽く触れた。血がついた手を、そのまま口もとに持っていってなめる。

「失礼しました」

蓬莱は頭を下げると敵に向き直った。絶体絶命。数人は銃でこちらを狙っている。あたしはたった数分蓬莱を延命しただけなのか？

「戦う必要はない」

片目が蓬莱を止めた。

氏家はまた医師の診察を受けていた。医師はさりげなく、特殊脳犯罪対策班のことを訊き出そうと試みているが、氏家はなんとかうやむやに答える。

「なにか音が聞こえる」

「はて、私にはなにも聞こえません」

ウソだ。絶対に聞こえている。幻聴かもしれないと思ったが、氏家は己の正気にかけてみることにした。

「罠にはまったのはそっちだとまだ気がつかないのか？」

「なんのことですか？　また話が飛んでいますよ。なんの話をしていたか思い出せますか？」

なんの話をしていたのだっけ？　と考えそうになってあわてて止めた。相手の話に乗ってはいけない。

「特殊脳犯罪対策班がここに踏み込んできているのだろう？　一網打尽になるぞ」

「あなたの仕事仲間の方たちですね？」

医師は微笑んで見せる。まるで、あなたの妄想はだいたいわかっています、と言いたげだ。

「余裕の対応もたいがいにしろ。あきらめてオレを解放して逃げろ。まだ逃げられるかもしれないぞ」

「氏家さん、しっかりしてください。ここは診療所ですよ」

医師は落ち着いた声で応じる。

「捕まれば拷問だぞ。特高の拷問がどのようなものか知らないわけではないだろう。貴様らの客が〝生ける屍〟にしたような残虐非道な行いを、正気のまままされるのだ。わかってるのか？」

残虐非道と口にした時、失笑を漏らしそうになった。氏家はその行いがたまらなく好きで、罪のない人々を襲っては餌食《えじき》にしてきた。その氏家自身が「残虐非道」と言うのは滑稽のきわみだ。

「ここには誰も来られません」

医師は自信たっぷりに答えた。

「音が大きくなっている。そこまで来ているんじゃないのか？」

「仕方がない。外の騒音とあなた自身の知性が狂気の邪魔になっているようだ。あきらめて別の方法を取ることにします」

医師の手には銃が握られていた。銃口をぴたりと氏家の額に合わせる。

「特殊脳犯罪対策班の主要構成員はこれが全てですか？」

「そうだ」

「本拠地はどこです？」

「内務省の地下だ」

「ウソをつくな。涅槃喫茶ではないのか？　何度もあそこを出入りするのを確認している」

「あそこには秘密の通路があるだけだ」

「なるほど、そういうことだったのか。新しく入った事務屋知解子の素性は？」

「素性？　そんなもの知らん。聞いていない」

「では、蓬莱霞の素性は？」

「知らん。人形女給兵団の三番隊隊長で男だということ以外は知らない」

「男？　人形女給兵団は全員女学生のはずだろう？」

「三番隊だけは全員女装の男だ」

「なんだと。やはり貴様らは狂ってるな」

「屍屋に言われたくない」

「銃を見たとたんに怖じ気づいてぺらぺら話してくれるなら、さっさとこうしていればよかった」

「まだわからないのか。そこまで助けが来ているのだ。死んだらもったいないだろう。助けが来ればお前は捕縛されて拷問のうえ、死罪だからな。外にオレがしゃべったことが漏れる心配はない」

「さきほども言ったようにここに彼らは入ってこられない」

「意味がわからん」

「証拠を見せてもいい」

「証拠だと?」

「貴様にはこの部屋の出口が見えないだろう?」

「なんだと？　天窓以外に外に通じるところがあるのか?」

「すぐそこにあるのが見えないのかな?」

医師は立ち上がると、自分の後ろの壁に手を伸ばす。そこには扉の取っ手があった。

「いつの間に?」

「ずっとあった。貴様には見えなかっただけだよ」

「そんなバカな」

また自分の正気に疑問が出てきた。今見ている扉が本物だとすれば、これまでずっと幻覚を見ていたことになる。これも洗脳の一種なのか？　そこには壁しかないと認知を歪め、本当はそこにある扉を見えなくさせる。そんなことが可能なのか？　人間の認知は操作できないように見えて簡単に操作できるということか？

茶碗が置いてあるのを覚えていても、後で色や形を思い出せないことはよくある。だが、これはおかしい。なぜなら茶碗を見て、それが茶碗だと判断したのは色や形からだ。自分の所属する文化圏である種の形状と特徴を持ったものを茶碗と呼び、それに合致することを確認して記憶した。だが、記憶する際に細かい特徴は抜け落ち、「茶碗」という言葉だけ残ったために生じる問題だ。あの扉も壁だと最初に思い込まされれば、取っ手があってもわからないこともあるのかもしれない。

「オレの脳になにをした？」

「さあて。氏家くんはまだ自分が正気だと信じているのかな？」

「貴様！」

「待て待て。最後に片目の素性を教えてほしい。そうしたら君を解放してもいい」

「殺すつもりだな」

「私は情報さえ手に入ればいい。君が生きていても片目を葬れば特殊脳犯罪対策班は解散するだろうからね」

「嫌だと言ったら？」

氏家は周囲を見回す。どう考えてもこの状況でこちらが有利になれるように立ち回るのは不可能だ。他の特殊脳犯罪対策班の者なら卓越した戦闘能力で軽くこの男くらい仕留めるだろうが、あいにく氏家は頭脳労働専門で腕っぷしにはからきし自信がない。

「さっきまでは自信満々で協力的だったのに、不安になってきたのかな？　もちろん協力してくれないなら処分するまでだ」

小野瀬は引き金に当てた指に力を込めた。

片目の「戦う必要はない」という言葉と同時に倉庫の入り口で悲鳴があがり、付近の敵が倒れて風が吹き込んできた。無数の白い旋風が回転しながら倉庫になだれ込んでくる。旋風はまっすぐにあたしたちを取り囲んでいる敵に近づいた。敵があわてて囲いを解いて応戦する。

「人形女給兵団一番隊『千脚の真白』！」

白い旋風に見えたのは脚だった。真白は足技を得意とする一番隊の隊長だ。低い姿勢を保って足技を繰り出すため、刀で対応しにくい。戦ったことのない相手に敵は戸惑い、後ろに下がる。すると、それを待っていたかのように黒い影が近づいた。

「新手か！」

敵は腕や顔に小刀を受けてうずくまった。

「人形女給兵団二番隊『空影の碧』！」

黒ずくめの衣装に身を包んだ碧たちが縦横無尽に飛び回り、敵の囲みを崩す。想定外の攻撃を受けて敵は四散した。

「銃だ！　銃で撃て！」

拳銃を手にした数人が前に躍り出たが、飛び出した人影に次々と銃をたたき落とされ、床に倒れた。

「人形女給兵団団長、人形屋の篠子！」

篠子が鉄扇を紙の扇のように軽く振ってみせる。それから周囲の敵に走りより、舞うように相手の死角に回り込んで倒してゆく。

篠子の戦いは何度か見たことがあるが、いつも動きが違う。ここでは相手の懐に飛び込み、死角に移動して顎や肘の骨を鉄扇で砕いている。距離を取って旋棍で戦っていたこともある。倉庫の限られた空間で多数が入り乱れているから、そのようにしているのだろうが、臨機応変に動きと武器を変えられる腕前に目を見張った。

篠子たちに続いて人形女給兵団の団員が多数倉庫に入ってきて、敵は倉庫の奥へと逃げて行った。それを人形女給兵団が追う。

助かった。ほっとして力が抜けた。片目が、「戦う必要はない」と言ったのはこのことだったのか？ しかし、なぜ人形女給兵団が助けに来るとわかったのだろう？ まさか、片目も予知能力を持っている？ あたしが蓬莱を助けることもそれで知ったのか？

「片目さん、あなたは……」

訊ねようとした時、片目の前にいた蓬莱が崩れるように倒れた。ほっとして力が抜けたのだろう。片目は身じろぎもせず、足下に横たわる蓬莱を見下ろす。目を閉じたまま倒れている。意識はあるのだろうか？

「三番隊は外で隊長の指示を待っているはずだ。君が蓬莱を出口まで連れてゆけ」

片目は蓬莱を助けようともせず、あたしに命じた。複雑な気持ちになるが、引き受けるしかない。

「はい」

あたしがしゃがむと蓬莱が目を開けた。意識はあるようだ。

「動けますか？ 肩を貸します」

蓬莱はうなずき、上半身を起こした。あたしはその腕をとって背中に手を回して支える。あまりの軽さに驚いた。細身とはいえ、武道をたしなむ男性だ。それなりに重いと思ったのだが、もしかしたらあたしよりも軽いかもしれない。それがなぜかひどく哀《かな》しかった。

力を入れて立ち上がると、

「かたじけない。あなたには失礼をしてばかりです」

蓬莱が小さな声でつぶやいた。

「なにも言わなくていい。無理しないで」

もう出入り口周辺の戦いは収まっていた。開きっぱなしの倉庫の扉に向かってゆっくり歩く。

「片目さまの言った通りになってしまった。あなたが片目さまに銃をつきつけなければ、私はあそこで死んでいたかもしれない。少し待てば援軍が来たというのに」

「偶然です」

ウソはつきたくなかったが、予知能力のことは言えない。

「片目さまのお役に立てなかったうえ、あなたにも迷惑をかけてしまった。万死に値する」

蓬莱の言葉が胸に刺さる。苦界から救ってくれた恩人とはいえ、そこまで身を捧げることはない。片目にとって蓬莱は道具でしかないのだ。

「でも私は死ねないのです。生も死も片目さまに捧げたから」

蓬莱は嗚咽《おえつ》した。いつも気丈でめったに感情を見せない蓬莱がこんなになるなんて、あたしまで目がうるんできた。

「生きて愛をまっとうすることを考えればいいんです」

かなわぬことと知りながらもそう言ってしまった。そうでなければ悲しすぎる。あたしはウソつきだ。

「闇の中でしか生きられない私が愛をまっとうできる道理などありません」

「願えばきっとかないます」

「ウソとわかっていても、今はその言葉に甘えたくなります。もうひとりで歩けます」

蓬莱の声が震えた。蓬莱は自分なりの美学に生きているから無様に同僚に抱えられた姿をさらしたくないのだろう。

「外に三番隊のみなさんが来ているはずです」

あたしはいったん扉の陰で立ち止まる。

「なにからなにまでお心遣い感謝します」

あたしはゆっくりと蓬莱から腕を放す。一瞬、ふらついたが、すぐに持ち直した。

「歩けますか？」

「歩けます。いや、歩かねば蓬莱の意地が廃《すた》ります」

蓬莱は、よろけながらも自分の脚で歩いて出口を抜けた。あたしはその後ろ姿を見送る。

蓬莱に対して持っていたわだかまりは消え、むしろ尊敬の念さえ抱くようになっていた。

「蓬莱さま！」

「隊長！」

三番隊の面々が集まってきて、全員がその場で土下座した。ぼろぼろになった服を着ていても蓬莱の姿は神々しく見えた。

「申し訳ございません」

先頭の副長らしきひとりが、平伏したまま進み出る。

「隊長がおひとりで戦いに臨んだことに気づかず、お詫びの言葉もございません」

「そんなことはどうでもいい。三番隊は全員、屍屋の捕縛に向かえ。他の隊に後れを取るな」

蓬莱の言葉に三番隊は躊躇する。瀕死の隊長を置いていけないのだ。

「蓬莱さまは、私が補佐します」

副長が立ち上がり、蓬莱の横に立つ。それでやっと三番隊の全員が立ち上がり、倉庫の中へと動き出した。

あたしはその様子を見届けて、片目のいる場所に駆け戻った。片目は籐子と人形女給兵団数名に警護されていた。

「みんな、来てくれたんですね」

あたしが話しかけると、籐子は決まり悪そうにうなずく。

「氏家さんはどうでもいいけど、人形女給兵団の隊長が破れたとあっては末代までの笑い草。総力をあげて敵を討ちます」

「ありがとうございます。本当にみなさんが来なければ助かりませんでした。やっぱり人形女給兵団は最強です」

「我らは不敗の女給です」

籐子は最高の笑顔を見せた。

記録に残っている限り、人形女給兵団の全隊が参加した争いはない。だいたい二隊で片がつく。こうなったら負けることはない。

「そういえば四番隊は？」

一番隊から二番隊は見たが、四番隊はまだ見ていない。一隊だけ来ていないこともないだろう。

「京香は特別任務」

籐子がそう言った時、

「人形女給兵団四番隊『三節槍のお京』！」

離れたところで声が聞こえた。

「裏口を守ってもらっていたの」

なるほどと合点がいった。だが、よく考えると納得できないことがある。

「よくここがわかりましたね」

籐子がなぜ助けに来る気持ちになったかも不思議だったが、場所をどうやって知ったのかもわからない。ここを知らせる術《すべ》はあたしたちにはなかった。

「後をつけていたから」

「えっ？」

「涅槃喫茶で片目さんに後をつけるように指示されたの」

「協力できないって言ってたんじゃないんですか？」

籐子たち人形女給兵団が氏家探索への協力を断ってから、片目が涅槃喫茶に行くまで一時間も違わない。なぜそんなに簡単に態度が変わったのだろう。確かに片目は涅槃喫茶で籐子たちと話していたが、あれほど嫌がっていたのにすぐに心変わりするのは変だ。

「気が変わったというと無責任だけど、片目さんに諭されたのと、あのまま敵地に乗り込むとあなたや葛城さんが危ないと思ってね。蓬莱は大事な三番隊隊長だし」

そんなことは最初からわかっている。そもそも最初断ったのが不自然だったのだ。納得できないが、結果としてうまくいったのだからこれ以上訊く意味はないかもしれない。

「特高の連中もいずれやってくるだろう。氏家を助け出したら戻るぞ」

片目がつぶやいた。戻るということはつまり後のことを特高にまかせるということ。

「えっ？　手柄を譲るんですか？」

あたしが驚くと籐子が肩をすくめた。

「特殊脳犯罪対策班は公式には存在しない組織だから手柄はいつも特高になるのよね」

「そういうことですか」

なんだかいろいろ釈然としない。

「建物内はほぼ制圧しましたが、氏家さんが見つかりません」

一番隊の本条《ほんじょう》真白がやってきた。一番隊は股の付け根ぎりぎりの短い着衣をつけ、脚用の防具を脚の数カ所につけているだけだ。真っ白な太腿がまぶしい。しかも真白の脚は細く長い。あらためて見ると、どきどきする。

「全室確認した？」

「はい。どの部屋にもおりません。抜け道や隠し部屋の可能性も考えて入念に調べましたが、見つかりません」

「あの。あたしも同行しますので、もう一度全部屋を調べましょう」

あたしは篠子と真白の顔を交互に見た。

「そうだね。氏家さんがいなくなると片目さんがさびしそうだ、あたしはいなくてもいいけど」

篠子がちらりと片目を見る。

「さびしいのではない。必要なのだ。今回は見事に囮の役を果たしてくれただろう」

片目は笑いもせずに答えた。

「失礼して先導いたします」

真白がへりくだった様子で歩き出した。それにしても脚がきれいだ。戦闘の後だから痣や傷はついているものの、すらりときれいに伸び、仄暗い倉庫の中に浮いて見える白さだ。

「うらやましいよね」

篠子があたしにささやいた。視線に気づかれたらしい。

「はい。ほんとに同じ人間の脚とは思えません」

「思い切り蹴るとなみの相手は内臓が破裂して死んじゃうけどね」

「えっ」

真白はひとつひとつ部屋を開け、あたしたちは中を確認していった。すでにどの部屋もからっぽで誰もいない。時々、死体が転がっているだけだ。ひととおり見て回ったが、氏家は見つからなかった。

「確かにいないわね」

倉庫の通路で篠子が腕を組む。

「屍屋には〝生ける屍〟の在庫があるはず。つまり氏家さん以外にも拉致してきた被害者もいるはず。それもいないのは変です」

あたしは首をひねる。

「氏家さんや在庫は他の場所に隠していたということかな？」

「場所を変えれば監視や警備を別途手配しなければならなくなります。この規模の組織では効率が悪いので、ここだと思うんですが」

あたしはそこまで話して、ふと通路正面の突き当たりに扉があることに気がついた。ただの壁のように見えたが、取っ手がついている。取っ手の位置が普通と違うから気づきにくかったらしい。あそこはまだ入っていない。

「あの部屋は見ていませんよね」

「あちらには部屋はありません。ただの壁です」

真白が訝しそうにあたしを見つめる。あたしには扉が見えているのに、なにか勘違いしているのだろうか。あたしは扉まで走ってゆく。

「え？　見えてるでしょ？」

扉の前に立って、真白たちを振り返る。

「壁……ですよね？」

真白だけでなく、籐子までわからないようだ。片目はじっと立ってこちらを見ている。

「いや、なぜわからないんです？」

あたしは扉の取っ手をつかむと引っ張った。鍵がかかっているらしく、ガチンと音がして開かない。

「あっ」

真白と篠子が小さな叫びをあげて走りよってきた。

「確かに扉だ。どういうこと?」

篠子はそう言いながら、鉄扇で力任せに扉の取っ手を殴りながら、真白とともに蹴飛ばした。数回蹴ると勢いよく扉は開いた。とたんにむっとする悪臭が漂ってきた。

部屋には窓がなく、暗く見通しがきかない。じょじょに目が慣れてくると、そこがなんの部屋かわかった。四つの檻があり、それぞれに〝生ける屍〟がいた。いずれも美しく幼い少女ばかり。全員、あらぬ方向に目をやり、一心不乱になにかをしている。ある者は繰り返しうなずき続け、ある者は自分の身体をつねっている。あたしは昨日保護した〝生ける屍〟を思い出した。

人間をここまで壊してから氏家のような嗜虐趣味の連中に売るのだ。まともな判断能力を失った人間に苦痛と恐怖を与え、なぶり殺しにする。反吐《へど》が出る。

「全員保護しないといけないね。檻を開けて出してあげよう。十人くらい呼んで」

篠子が命じると、真白は「はい」と答えて仲間を呼びに走り出した。

「肝心の氏家さんはいないのね」

篠子はぐるりと部屋を見回す。あたしも周囲をあらためて検分した。檻の向こうの壁に扉がある。さきほどから周りのみんなは扉を見落としている。どういうことなのだ?

「そこに扉があります。さらに奥に部屋がありそうです」

あたしが扉に近づくと籐子は首をかしげながらついてきた。

「なぜ、あたしには見えないの？」

「ふん、おもしろい。私には見える。そういうことだったのか。〃当たり〃だけのことはある」

片目がかすかに笑った。

「待って。誰か向こうにいる気配がする」

籐子が声をひそめた。

「急いだ方がいい。君の馬鹿力で叩き開けろ」

片目にうながされて籐子は身体を回転させながら扉を二度三度と立て続けに蹴り、最後に肩から体当たりする。ぐわんぐわんと轟音が部屋の中にこだまし、扉は勢いよく開いた。

籐子はそのまま部屋の中に飛び込み、器用にくるりと宙で回転して立つ。

「人形屋！　待っていたぞ」

氏家の声だ。あたしはあわてて部屋の様子をうかがった。正面に氏家、その向かい、あたしたちに背中を見せて白衣の男がいる。手に銃が握られているのをあたしが確認するよりも早く、ごつっという鈍《にぶ》い音とともに男が銃を落とし、右肩をおさえてかがみ込んだ。

籐子が素早く男の死角に回り込んでいた。

さらに籐子が男の左肩に鉄扇を振り下ろすと、両腕をだらんとたらした状態になった。

「人形屋、遅いぞ!」

氏家が叫ぶ。

「助けてもらって、その言い草はないんじゃないですか?」

「おいおい。オレはみんなのために囮になってやって、場所まで教えてやったんだ。いわば事件解決の立役者だ」

「氏家さんと言い合いしても勝てないので、そういうことにしておきます。でも、これにこりて危ない趣味は控えてください。あたしも自分が助けたのが猟奇犯罪者だなんて寝覚めが悪いですから」

「あの、お二方とも言い争いは止めて移動しましょう。氏家さん、お怪我はありませんか?」

「眼鏡屋は人間ができている。人形屋も見習いたまえ」

「人形屋籐子は人である以前に、からくり師であり武道家です。そしてなによりも乙女でございます」

籐子が口をへの字に曲げて答える。

その時、床に倒れた男がうめき声をあげた。

「痛い? 鎖骨を折ったからしばらく不便だけど我慢してくださいね」

籐子はそう言うと、さきほどの部屋に向かって「氏家さんを保護した。賊をひとりとらえたけど鎖骨を折ったんで誰か運んでくれる？」と叫ぶ。すぐに、「はい。ただいま参ります」と複数の声がして、足音が近づいてきた。

「撤収する」

片目がそう言うと、籐子がうなずく。

「総員撤収。確保した賊は縛って転がしておけ。保護した者たちも手足を拘束して動けなくしておけ。すぐに特高が来る」

籐子は叫びながら部屋を出た。あたしたちも後に続く。

「各隊長は人員を確認し、帰投せよ。本日の任務は完了。道々報告を聞く」

建物を出たところで、蓬莱と葛城が手当を受けていた。ついさきほど死闘を繰り広げた場所とは思えないほど静かだ。草むらが広がり、その向こうの永代橋は横なぐりの夕陽に照らされ、長い影を隅田川に落としている。路面電車が走ってくるのが見えた。川面に反射する夕陽がまぶしく、外輪船の通運丸《つううんまる》が、煙を吐きながら川をのぼってゆく。

あたしはふたりの様子を見るために近づく。蓬莱はぼろぼろの服から浴衣に着替えていた。

「お加減はいかがですか？」

「見ての通り」

ふたりが同時に答えたが、服を着ているので傷の具合はわからない。おそらくもう大丈夫と言いたいのだろう。

「葛城は私の車に同乗して診療所だ」

片目が傍らを通りすぎながら声をかけた。歩いて行く先には、いつものタクシーが待っていた。

「自転車で送りたいところだが、手当を受けないといかんらしい」

葛城が苦笑した。どう考えても自転車であたしを送れるような状態ではないと思う。

「あたしのせいで申し訳ありません。助けていただきお礼の言葉もありません。本当にありがとうございました」

「捕り物ではこんなことは日常茶飯事だ。いちいち謝ったり、礼を言っていてはきりがない。気にするな」

「はい。でも、本当にありがとうございました」

「礼にはおよばんと言ったろう。それに以前失礼なことを言ってしまったからな」

この男が覚えているとは意外だった。

「気にしていてくださったんですか？」

「オレは雑で相手の気持ちを考えずにしゃべることがよくある。わかっちゃいるんだが、なかなか直せない。申し訳ない。あらためてお詫びする」

「そんな……あたしこそ」

なんだか涙が出てきた。この人は命がけであたしを助けてくれたのに、全く恩に着せようとする気がない。それなのにあたしはちょっとしたことで傷ついて変な敵意をいだいていた。情けない。大人にならなければいけない。

「おいおい。泣くな。じゃあ、早く帰れよ」

葛城はそう言うと、タクシーに乗り込んだ。あたしは涙をぬぐい、頭を下げて見送った。

「このたびはお世話になりました。蓬莱霞、このご恩は忘れません」

振り向くと蓬莱が立っていた。浴衣の蓬莱を初めて見るが、華奢《きゃしゃ》で儚く美しい。いつもよりやつれた感じがする。

「あたしはなにもしてない。ただ、あなたを止めただけ。あたしがあなたくらい戦えればあなたは無傷だったかもしれない。だからむしろお礼を言うのは、あたしの方です。ありがとう」

あたしは頭を下げる。

「数々の非礼にもかかわらず過分なお言葉。本当に……」

蓬莱が声を詰まらせた。

みんな、クセはあるけどいい人たちだ。あたしは葛城や蓬莱を心の中で罵ったことを恥じた。

あたしは蓬莱を座らせ、周囲を見回した。あれほどの戦いが嘘だったかのような美しい景色だった。明治後期から隅田川の景色は大きく変わった。永代橋の路面電車、川を行く蒸気船、川の周辺には数々の店が建ち並び、江戸時代から続く遊興歓楽街はさらに発展した。今が絶頂なのではないかと思うくらいだ。

翌朝、花鳥がやってきて全員が会議机に集まった。蓬莱はおらず、四番隊隊長の京香がみなにお茶を淹れていた。もともと人形女給兵団は特殊脳犯罪対策班の会議に出席する必要はないのだから蓬莱がいなくても不思議ではないが、これまで毎回姿を見ていたので怪我が思ったより深かったのかと心配になった。

葛城は平気な顔をして出てきていたので、ほっとした。深手と思ったのだが、そうでもないらしい。

「蓬莱は私が休むように指示しました。本人は大丈夫と言っていたのですが、大事を取りました」

籐子が誰に言うともなく説明した。

「もう動けるのか？　オレはまだ激しい動きはするなと言われているぞ」

籐子の隣の葛城が訊ねる。

「くわしいことはわかりませんけど、蓬莱は食も細いし、身体も丈夫ではないんです。無理はさせたくない」

　そう言うと責めるように片目を見る。片目はなにも気づかないふりをしている。

「昨日はご苦労だった。こんなに早く屍屋を殲滅できるとは思わなかった。主要構成員も逮捕できたので、組織が復活することはないだろう」

　花鳥が笑顔で話し出した。

「自死団の時のような無茶もないし、上出来だ。言うことなし。ありがとう」

　手放しで褒められて全員が明るい表情を浮かべた。片目だけが浮かない感じだ。

「頭目を逃した」

　片目の言葉に全員が首をかしげる。

「屍屋の頭目は氏家くんを尋問していた小野瀬だ」

　花鳥が答える。小野瀬が頭目のはずだ。片目はなにを言っているのだろう。

「あいつが頭目だろ。囮になったオレ様が一番活躍したことになるな」

　氏家がここぞとばかりに胸を張ってみせる。

「小野瀬は雑魚だ。私は黒幕のことを言っている」

　片目が全員を見回す。

「黒幕？　小野瀬を操っていた者がいるんですか？」

　籐子が片目と花鳥の顔を見る。

「あくまで仮説だ。よい機会だから君らに教えておこう」

花鳥はそう言ってから説明を始めた。

「大正に入ってから不可解な事件が増えた。いくつかの事件に共通する危険な特徴があった。くわしいことは言えないが、その特徴や起こっている事件の内容から考えて、尋常ならざる脅威の胎動と判断せざるを得なかった。一連の事件の黒幕は、本屋藤兵衛という男。この脅威には従来の警察組織では対応できないため、専門の組織つまり君らを集めた次第だ」

本屋藤兵衛と聞いて、あたしは愕然とした。失踪した思骸屋の主人が、そんなおそろしいことを企んでいたなんて知らなかった。

「その脅威とはどのようなものなのですか？　以前、眼鏡屋から聞いた話だと国を滅ぼす力のある本もあるとか」

葛城が挙手して質問した。

「くわしくは言えない。ただ国体が脅かされる事態と言っておこう」

「特高で対応できないのに、私たちで対応できるって、どういうことなんですか？　脳犯罪だからですか？」

篠子も葛城にならって手をあげる。

「それもひとつの理由だ。正直、私にも彼らの正体や組織の実体はわからないのだよ。それを突き止めるのも特殊脳犯罪対策班の役割と思ってくれ」

「本屋藤兵衛は日本人でありながら、日本に仇《あだ》なす不逞《ふてい》の輩というわけですか？」

続く葛城の質問に花鳥風月と片目は顔を見合わせ、どちらからともなくうなずいた。

「ただし目的も組織もまだわかっておらん」

花鳥の答えに、あたしは不自然なものを感じた。

「しかし、本屋藤兵衛という首魁がわかっているのですから、他にもわかっていることがあるのではないですか？」

おずおずと籐子が質問した。

「いくつもの強い本を使って害をなしている以上のことはわかっていない。今回の小野瀬のように本屋藤兵衛から本を受け取って犯罪に手を染める者もいる。どれだけの数の本があるのか、何人の者が本を携えているのか、どのように連絡を取り合っているのか。いずれもこれから明らかにしていかねばならない」

花鳥の答えはどうも歯切れが悪い。なにか言えないことがありそうだ。

「それだけですか？」

籐子は重ねて聞いた。若いせいか忖度《そんたく》することを知らない。

「うむ。残念ながらそんなところだ。諸君らには期待している」

花鳥は顔を左右に振る。

「花鳥の旦那は、オレたちを信用していないのか？　それとも時期尚早ってことかな？」

氏家がハンチング帽を直しながら花鳥をにらむ。

「君らを信用していないのでも時期尚早というわけでもなく、とにかくわからんのだ。わかっているのは彼らの目的くらい。武力によって戦うことは考えておらず、日本人自らが自滅の道をたどるように静かに狂わせてゆくことを狙っているそうだ」

花鳥は苦笑し、片目を見る。

「静かな国家転覆だよ。民衆も軍部も政治家も気づかぬうちに破滅に向かって笑いながら行進するようになる」

「旦那のいつもの妄想に聞こえる」

「屍屋の商品である〝生ける屍〟はいわば時限爆弾だったのだ。〝生ける屍〟の売り先は政治家や軍人だ。アレを買って身近におけばやがて感染し、精神を破壊され、場合によっては操られてしまう。アレは国体を破壊するための兵器だった」

片目の言葉にあたしはぞっとした。狂気に落ちた幼い少女を政治家や軍人が買って慰み者にしていたというのか、ひどすぎる。

「本屋藤兵衛は時を待っていたのだ。多くの者が字を解し、本を読む時代。まさに今だ。危険思想を流布し、人心を混乱に陥らせ国体を破壊する機会の到来だ。本は知識の媒介者であると同時に狂気も媒介する。感染し、狂った者たちが国体を脅かす」

「にわかには信じられんね。与太にしか聞こえない」

氏家が笑い出した。篠子と葛城は困惑した表情だ。京香はずっと下を向いて黙っている。

「よいか諸君。本屋藤兵衛がなにをしようと、他の誰がなにをしようと論理と科学で国体が守られていれば安全なのだ。本の魔力に惑わされることはない。我らがすべきことは、目の前の敵である本屋藤兵衛を倒し、論理と科学で国体を立て直すことだ」

片目が静かに、しかし強い声で語った。全員が静まり返る。

「まあいい。今日は諸君らの労をねぎらいに来たのだ」

花鳥はその場の雰囲気をとりなすようにそう言うと立ち上がり、頭を下げた。

「あらためて礼を言う。ありがとう」


花鳥が去ると会議はお開きとなり、それぞれ自分の部屋に戻る。あたしはいったん自分の部屋に入ったが、すぐに出て片目の部屋に向かった。どうしても確認しなければならないことがある。

扉を叩くと、「入りたまえ」と返事がしたので、扉を押して中に入った。あたしの部屋よりもだいぶ広い。八畳程度の部屋に本棚と机だけがある殺風景な空間。あたしは扉があることに気がついた。もうひとつ部屋があるらしい。

「来ると思っていた。私に訊きたいことがあるのだろう？」

お見通しだ。あたしは覚悟を決めた。躊躇せず訊くべきことを訊くしかない。

「班長は最初から氏家さんを囮にするつもりだったのですね」

「だから最初にそう言っただろう。氏家翔太は特殊脳犯罪対策班の一員でございと触れ回ればすぐにひっかかるとな。あの風体で歩き回ればすぐにわかる」

「囮にするなんて誰も本気にしてやいませんでした。でも、班長は本気だった」

「私は冗談は好きではない」

「氏家さんが敵の罠にはまるようにいろんなことをしましたね。班長が癲狂新聞で屍屋をおおげさに取り上げて煽《あお》ったのは特殊脳犯罪対策班が動いていると屍屋に知らせるためなんでしょう？　本屋に人形屋さんと京香さんを同行させたのは、氏家さんを孤立させるためですよね。あのふたりは潔癖だから必ずどこかで氏家さんに嫌悪をつのらせる。氏家さんは単独行動をせざるを得なくなり、格好の囮となって敵の手に落ちる」

氏家を囮にしたこと自体は仕方がない。作戦として、そういうことも必要だろうとわかる。しかし本人にも周囲にもなにも知らせないのはよろしくない。駒には意思など必要ないと言っているようだ。

「その通り。氏家に囮になれと命令しても言うことをきかんだろうから一計を案じたまでのこと」

あまりに平然としている片目の言葉を聞いているうちに怒りがこみ上げてきた。この男は部下を道具としてしか見ていない。

「ひとつ間違えれば死んでいました。あまりにも危険です」

「しかし私は鬼ではない。その証拠に涅槃喫茶で人形屋を諭した。あらかじめ人形屋に渡した資料は私が氏家を参加させるにあたって書いた上申書だ。氏家のような人間でも使い方によっては有用だということがわかりやすく説明してある。あれを読んでだいぶ嫌悪は減ったはずだ。感情的に動くのは無責任だとさとった人形屋が他の隊長を説得し、我らの救出に駆けつけたという算段だ」

特高で数々の難事件を鬼畜な方法で解決してきただけのことはある。人心を操る術に長《た》けている。あの氏家すらただの駒だ。

「敵の人数は予想よりも多く、いささか手こずったがね。いや、手こずるのは君の予知でわかっていた。蓬莱が死ぬとは思っていなかった。君のおかげで助かった」

血の気が引いた。蓬莱の死を予知したことは誰にも言っていない。

「なぜわかったんです？　あたしの心を読んだのですか？　それとも予知能力をお持ちなんですか？」

「読心術も予知能力も必要ない。君の能力は花鳥から聞いていた。人の死を予知する力だ。あの会議の時の君は尋常ならざる様子だったから、これは予知能力が発動したのだろうと気がついた。そして蓬莱をじっと見ていたから、死ぬのは蓬莱だとわかった」

片目の言った「私は道具を仕入れる時は、使い方を確認するのだよ」という言葉が蘇る。全て計算ずくだったのだ。悔しくてたまらない、こんな人間にうまく操られていたなんて。一番大事なことを訊かねばならないが、怖くなってきた。どこまで操られているのか知りたくない気持ちが湧いてくる。それを振り切って口を開いた。

「あたしが本屋藤兵衛の娘だとご存じだったんですね？」

父が出奔してから親戚の家の養子になり、名字も変わっている。簡単にはわからないはずだ。

「みそまんだよ」

息を呑んだ。膝から力が抜けて、その場にくずおれそうになる。なぜ今まで気がつかなかったのだろう。あの不味いみそまんは罠だったのだ。

「瘋狂新聞で本の罠への耐性を確認していたのですね。瘋狂新聞の広告を見てみそまんを食べるような者は、簡単に罠にかかるということになる。だからみそまんを食べないあたしに目を付けた」

「そうだ。以前から瘋狂新聞を発行するたびに特高の目立つところに置いておいた。花鳥にそれとなく瘋狂新聞を読んだ者の反応を確認してもらっていたのだ。君は特別に抵抗力があった。調べてみたら本屋藤兵衛の娘とわかったので花鳥に頼んでもらい受けた。特高の上層部は採用時の身上調査で君の正体を知っていて、本屋藤兵衛の行方を捜す手がかりとして飼っていたのだよ」

「なぜそのことを最初から教えてくれなかったんですか？」

「最初に言えば君は協力を拒否しただろう。だから拒否できなくなるまで待った」

「あなたという人は……」

あたしは自分の部屋に置いてある数冊の本の罠を片目に使ってやりたくなった。あたしは親戚に引き取られる際に思骸屋にあった力の強い本を持ち出していた。発狂させて地獄を見せてやる。その時、気がついた。

「まさか……その包帯は」

「ご明察。本の罠にかからぬための苦肉の策だ」

本は読まなければ罠にかかることはない。耳で聞いてかかることもあるが、ひそかに罠にかけるには片目が癲狂新聞でやったように文章を読ませるのが一番だ。

「この状態で文字を読むと脳の違う場所を使うのだよ。そのせいで本の効果はほとんどなくなる」

完全に手の内を読まれていた。

「特殊脳犯罪対策班は本屋藤兵衛をあぶり出し、葬るための組織だ。同時に本屋藤兵衛を倒すための最終兵器を見つけるための組織でもあった。過去形なのはすでに君を手に入れたからだ。論理の力で本の力を解き明かし、解き放ち、我らは世界に君臨する」

狂っている。本の力で世界の歴史が変わったと信じている狂信者の妄言にしか聞こえない。あたしにはとうてい信じられない。いや、信じたくない。

「あたしに父を捜し出して殺せとおっしゃっているんですか？」

「包帯なしでも本の罠にかからず、〝『無思記』の読み手〟でもある君がいなくては本屋藤兵衛と渡り合えない」

『無思記』という言葉が出た時、目眩がした。〝『無思記』の読み手〟とは死人のことだ。死人はどのような罠にもかからない。

「父を見つけた後であたしが父の側に寝返るとは考えないんですか？」

「君が人形屋や蓬萊を裏切るというのか？」

全身の血が逆流したかと思うほどの怒りに襲われた。

「そういえば葛城も身体を盾にして君を助けていたな。葛城にも恩義があるだろう」

この男はあたしが特殊脳犯罪対策班の構成員と親しくなるのを待っていた。いや、そうなるように仕向けた。屍屋であたしに銃を預けたのもそのためだ。あの時、片目は残弾数は四と言った。敵の本拠地に乗り込んでから片目が撃ったのは二発。あの銃は六発装弾できるから残りは四で計算も合う。しかし、四発目を撃とうとした時に弾が切れた。残弾数は三だったのだ。最初に五発しか装弾していなかったに違いない。あたしが弾切れを起こして葛城か蓬萊に助けてもらうように。倒れた蓬萊を三番隊の待つ場所に連れて行かせたのもそのためだ。そもそも屍屋の本拠に少数で乗り込んでわざと窮地に陥るようにしたのもそのためだろう。全てはあたしを裏切りにくくするためだったのだ。血の通った人間にできる計算ではない。

「ひ、卑劣な……」

「特殊脳犯罪対策班において私と君以外は全て捨て駒であり、君を動かすための人質でしかない」

「あなたは狂っている。籐子さんや蓬莱さんがかわいそうです」

「狂気など大義の前ではささいなことだ」

「大義とはなんです？　国体の護持なんてことは信じませんよ」

「日本国を世界に冠たる帝国となし、理想郷を樹立する。論理と科学による統治だ。本屋の言葉の呪いも我が論理の武器とする。君が知っているように列強は言葉の呪いには脆弱だ。帝都に言葉が降り注ぐ。待機せよ。全ての思想は言葉の罠なのだ。魂を奪われるな」

片目はそう言うと壁を見た。無数の土蜘蛛が焼き殺されている絵がかけてあった。この男は心の底から土蜘蛛を憎んでいるようだ。

「いったい、あたしをどうするつもりなんです？」

本屋藤兵衛を見つけ出し、倒したあと、あたしはどうなるのだろう？　目的を果たした特殊脳犯罪対策班は解散するだろうし、特高に戻ることもできないだろう。だが、片目はあたしに返事をせずに奥の部屋に入り、扉を閉じようとした。

「待ってください！」

あたしは思わず、閉じかけた扉に駆け寄って手で押さえた。その時、仄暗い奥の部屋に浮かぶ人の顔を見た。

「え？」

ここに特殊脳犯罪対策班以外の者がいるはずがない。どういうことなのだ？　だが、目の前の薄闇には美しい女性がいる。一瞬、夢を見ているのかと思ったほど、現実味のない存在だった。

「つくづく君は運が悪い」

こめかみに冷たいものを押しつけられた。側頭部だから見ることが出来ないが、銃口を頭につきつけられていることはわかった。いかに銃撃の下手な片目でもはずすことはないだろう。

「眼鏡屋、君は〝当たり〟すぎる」

そう言うとあたしの目の前に立ち、下がるように顎で指図する。有無を言わさぬ迫力がある。あたしが仕方なく下がると、片目も前に出て、後ろ手で扉を閉めた。幻のような女の姿は消えた。

「あれはいったい」

言いかけると、片目が顔の包帯を解いた。冷たく整った顔に鋭い目。目をそらしそうになったが、こらえてにらみ返す。特殊脳犯罪対策班の班長たるものが、公務を行うべき部屋で女を囲っているなどというのは看過できない。

「忘れろ」

片目はゆっくりそう言い、あたしの目をのぞき込んできた。

「はい」

気圧されたあたしはうなずいた。

「ひとつだけ教えておく。あれは私の姉だ。この世のものではない」

確かに似ていたと思うと同時に、片目は姉を愛していることがわかった。姉弟愛などではなく、最愛の恋人として。そんな気がした。それにしても、この世のものではないとはどういう意味だろう。

あたしの前で鈍い音を立てて扉が閉じた。

エピローグ　無思記

あたしが事務屋知解子になったのは親戚に引き取られてからだ。それまでは「本屋知解子」だった。父と過ごした日々はおぼろげにしか覚えていないが、『無思記』を与えられた時のことだけは鮮明に覚えている。そもそも類い希な記憶力を持つあたしがおぼろげにしか覚えていない方がおかしい。父になにかやられたに違いない。

あの時、父は思骸屋での「本屋」の仕事を説明してくれた。本を売るのも仕事のひとつだが、それより多いのは「読み聞かせ」だ。力のある本は数が限られるし、値段も高く、使用方法によっては破滅をもたらしかねない。だから客の元に父が出かけて行って、必要な分だけ本を読み聞かせるのだ。

「同じ客が何度も繰り返し注文してくれるんだ。いいだろ？　食いっぱぐれがない」

と父は自慢げに語った。あたしは、そういうものかと納得して聞き入っていた。

「本を集めるのも大事な仕事だ。その時勢にあったいい力を持つ本が現れたら、それを手に入れるんだ。独り占めできれば一番いい」

父は本を探す方法や力を見分ける方法を解説した。それは細部にわたるまで完璧に記憶している。

ひととおり本屋の仕事について話し終わると、父はあたしに質問をした。

「ここまで聞いて、おかしい、と思わないか？」

そう言われても全く知らないことばかりで、どこがおかしいのかわからない。あたしは黙っていた。

「わからないのか。よし、説明してやる。オレたちは力のある本を読むわけだが、そのまんまだと読んだオレたちもおかしくなるだろ？　本を読んでも平気でいられなきゃならない。そうでないと命、いや精神がいくらあっても足りない。

そのために『無思記』という本がある。オレの知る限り、世界に三冊しかない。そのひとつがここにあるんだ」

父親は、懐から一冊の古ぼけた本を取り出すとあたしの前に置いた。手帳くらいの大きさの革張りのかびくさい本。あたしはその本に手を伸ばしかけたが、その時本が動いたような気がして手を止めた。もちろん、本が動くはずはない。なんだろう？　と思って本をじろじろと観察した。

「これが『無思記』だ。これを読めば、どんな本の罠にもかからなくなる。そのかわり、その時から死が始まる」

父親は本を手に取ると背表紙を指した。そこには、漢字らしい文字があった。かすれているのと、達筆すぎるせいで、あたしには読めなかったが、おそらく『無思記』と書いてあるんだろう、と了解した。

「死が始まる？　死ぬんじゃなくて？」

「『無思記』を読んだ者は生と死の境界があいまいになる。それからゆっくりとだが、いいか、とてもゆっくりだぞ、死んでゆく」

「よくわからない」

その時のあたしは、本の力のことも半信半疑だったので、『無思記』の話もいまひとつ信用できなかった。

「ほんとだ。個人差はあるが、だいたい三十年から五十年ってとこだ。お前は今、十二歳だから、最短で四十二歳に死ぬってことだ」

それは不幸っていうんじゃないか、とあたしは思った。だが、その不幸の渦中《かちゅう》にあるはずの父親は、淡々として悲惨な様子はない。

「父親が娘に勧める職業なの？　必ず死ぬんでしょ？　やだよ、そんなの」

「どんな人間もいつか必ず死ぬ。たいして違わないだろ」

父親は答えた。そう言われれば確かに人間は必ず死ぬ運命だ、とあたしは少し納得した。だが、だからといって、若死にしてもいいというわけではない。

「でも、ゆっくり死ぬってどういうことなの？」

「オレを見ろ。オレはゆっくり死んでいく途中だぞ」

父親はそう言うと、あたしの目に視線を合わせてくる。

「なんか、やっぱりやめたくなってきた」

あたしは視線をそらして、つぶやいた。

「『無思記』を読めよ」

「いや」

「お前が自分で読まないなら、オレが読んで聞かせてやる。それでも同じ効果がある」

あたしがそっぽを向いて答えないと、

「なんでも手に入るようになる。金でも食い物でも家でもなんでもだ」

父親は懐から札束を出して見せた。見たこともないような大金だ。あたしは考えの浅い子供だったから、つい心を動かされた。

「やってみてもいいかな」

太く短く生きるのも悪くないかもしれないし、そもそも冗談かもしれない。

あたしは本屋にはならなかった。本屋を継ぐ者は本の呪いも受け継がなければならない。そんなことはまっぴらだ。自由に生きたかった。そして父は何冊かの強力な本と客の台帳を持って出奔した。あれがないと商売を続けられない。

なぜ父はあたしを連れて行かなかったのだろう？　『無思記』の読み手を残しておいては後々邪魔になるとわかっているだろうに。もしかしたら、心変わりしてあたしに普通の人生を送らせようとしたのだろうか？　だったら国家を転覆させるようなことはしないでほしい。嫌でも巻き込まれる。

あたしは父の顔を思い出そうとした。しかしぼんやりと霧がかかったように思い出せない。疑い出すときりがないが、おそらくあたしは父に記憶を改竄されている。どこまでが本当の記憶でどこからがそうでないかを自分で知ることはできない。あいまいに暮らしていかなければならない。

嫌な気持ちになったが、すぐに父の言葉を思い出した。父は、「どんな人間もいつか必ず死ぬ。たいして違わないだろ」と言った。記憶も同じだ。普通の人間の記憶だって知らない間にいくらでも書き換えられている。

To be continued……

あとがき

本書は大正時代を舞台にした冒険伝奇小説です。短く混沌とした時代を自分なりの妄想で描いてみました。

私には物語を書く時の悪い癖があります。主人公以外、特に悪役の存在感が際立っていることが多いのです。本書の主人公、事務屋知解子は本書の最後でその正体を明かすことになるのですが、そこまで特殊脳犯罪対策班の中では一番特徴のない平凡な人物です。それに対して他の特殊脳犯罪対策班のメンバーはいずれも立ちすぎているくらいにキャラ立ちしています。特に人形女給兵団三番隊隊長蓬萊霞の生き様ときたらそれだけで長編になります。

そして嫌になるくらい特殊脳犯罪対策班の面々は仲がよくない。猟奇殺人犯の氏家を嫌う班員がいるのは仕方ないとしても、人形女給兵団団長の籐子と同三番隊隊長の蓬萊も仲がいいとは言えないし、班長の片目は全員と仲良くする気が最初からない。

本書には自死団と屍屋というふたつの犯罪組織が登場し、それぞれのボスも出てきます。しかし、このふたりの存在感はあまりありません。全編を通しての悪役は特殊脳犯罪対策班班長の片目金之助でしょう。余人《よじん》には計り知れない知力と外連味《けれんみ》ありすぎる銀色のスーツに包帯を巻いた顔。最後までお読みになった方にはおわかりと思いますが、片目の狡猾《こうかつ》さと冷酷さは正義の味方にあるまじきひどさです。

そして本書は社会が混沌とし、変化してゆく過渡期の物語でもあります。大正という時代は民主主義というイデオロギーが世界に広がり始めた時代でもあります。戦争には大義や思想がつきものです。第一次世界大戦では民主主義が世界各地で台頭し、第二次世界大戦と冷戦を経て世界を席巻しました。現在、民主主義が終焉を迎えようとしており、新しい時代の大義と思想が生まれつつあります。本書に描かれた争いは形を変えて、現在世界各地で進行しています。

このような偏った物語を評価し、刊行していただいた星海社のみなさまにはお礼の言葉もありません。担当していただいた林《はやし》 佑実子《ゆみこ》さまにはひとかたならぬご尽力を賜りました。またプロットから最終まで確認とアドバイスをいただいた太田《おおた》克史《かつし》編集長にも深く感謝しております。ありがとうございました。

この小説を書いている間、江口《えぐち》夏実《なつみ》先生の描く世界とキャラクターが常に頭にありました。表紙と挿絵をお願いできることになった時は驚きと喜びで忘我の境地でした。登別《のぼりべつ》や別府《べっぷ》のコラボイベントに出かけたり、何度もガチャに挑戦したりした甲斐があったというものです。江口夏実先生の新しい地獄。素敵なイラストをありがとうございました。

本書の改稿にあたってご尽力いただいた平野《ひらの》さま、ありがとうございました。

幼い私に読書の楽しみを教えてくれた母と、執筆をささえてくれた佐倉《さくら》さくさまにも、この場を借りて感謝の気持ちを伝えたいと思います。

最後に、本書を手に取ってくださったみなさまに御礼申し上げます。楽しんでいただければ、これにまさる喜びはありません。

初春のバンクーバーにて
一田和樹

本書は書き下ろし作品です。

Illustration　江口夏実
Book Design　Veia
Font Direction　紺野慎一

使用書体
本文――――A-OTF秀英明朝Pr5 L＋游ゴシック体Std M〈ルビ〉
柱――――A-OTF秀英明朝Pr5 L
ノンブル――ITC New Baskerville Std Roman

星海社
FICTIONS
イ7-02

大正地獄浪漫《たいしょうじごくろまん》 1

2018年8月9日　第1刷発行　　定価はカバーに表示してあります

著　者 ―――― 一田和樹《いちだかずき》

発行者 ―――― 藤崎隆《ふじさきたかし》・太田克史《おおたかつし》
編集担当 ―――― 林佑実子《はやしゆみこ》

発行所 ―――― 株式会社星海社
〒112-0013 東京都文京区音羽 1-17-14 音羽 YK ビル 4F
TEL 03(6902)1730　FAX 03(6902)1731
http://www.seikaisha.co.jp/

発売元 ―――― 株式会社講談社
〒112-8001 東京都文京区音羽2-12-21
販売 03(5395)5817　業務 03(5395)3615

印刷所 ―――― 凸版印刷株式会社
製本所 ―――― 加藤製本株式会社

ISBN978-4-06-512729-2　　N.D.C913 246P.　19cm　Printed in Japan

SEIKAISHA

星々の輝きのように、才能の輝きは人の心を明るく満たす。

その才能の輝きを、より鮮烈にあなたに届けていくために全力を尽くすことをお互いに誓い合い、杉原幹之助、太田克史の両名は今ここに星海社を設立します。

出版業の原点である営業一人、編集一人のタッグからスタートする僕たちの出版人としてのDNAの源流は、星海社の母体であり、創業百一年目を迎える日本最大の出版社、講談社にあります。僕たちはその講談社百一年の歴史を承け継ぎつつ、しかし全くの真っさらな第一歩から、まだ誰も見たことのない景色を見るために走り始めたいと思います。講談社の社是である「おもしろくて、ためになる」出版を踏まえた上で、「人生のカーブを切らせる」出版。それが僕たち星海社の理想とする出版です。

二十一世紀を迎えて十年が経過した今もなお、講談社の中興の祖・野間省一がかつて「二十一世紀の到来を目睫に望みながら」指摘した「人類史上かつて例を見ない巨大な転換期」は、さらに激しさを増しつつあります。

僕たちは、だからこそ、その「人類史上かつて例を見ない巨大な転換期」を畏れるだけではなく、楽しんでいきたいと願っています。未来の明るさを信じる側の人間にとって、「巨大な転換期」でない時代の存在などありえません。新しいテクノロジーの到来がもたらす時代の変革は、結果的には、僕たちに常に新しい文化を与え続けてきたことを、僕たちは決して忘れてはいけない。星海社から放たれる才能は、紙のみならず、それら新しいテクノロジーの力を得ることによって、かつてあった古い「出版」の垣根を越えて、あなたの「人生のカーブを切らせる」ために新しく飛翔する。僕たちは古い文化の重力と闘い、新しい星とともに未来の文化を立ち上げ続ける。僕たちは新しい才能が放つ新しい輝きを信じ、それら才能という名の星々が無限に広がり輝く星の海で遊び、楽しみ、闘う最前線に、あなたとともに立ち続けたい。

星海社が星の海に掲げる旗を、力の限りあなたとともに振る未来を心から願い、僕たちはたった今、「第一歩」を踏み出します。

二〇一〇年七月七日

星海社　代表取締役社長　杉原幹之助
代表取締役副社長　太田克史